KB198997

선

선線

고한철 수필집

상선약수(上善若水)

물처럼 살아가라는 뜻으로

스스로 낮추어 모든것을 이롭게 하라는 내용

삶의 마지막 선은
황혼 길이었으면 하는
바람이다

글 농사에 접어들어 열심히 김은 매어 보지만 여전히 어렵다. 밑바탕이 부족한 탓이라 여겨 글 밭 공간에서 씨름을 계속하고 있다. 하루아침에 몇 계단을 오를 수 없다는 생각으로 태풍과 가뭄에도 이겨내려는 마음을 다잡아 본다.

어느 날 문득 지금까지 살아온 삶을 생각하니 억울했다. 수술이 잘못되어 장애를 입었다. 신경 손상에 따른 통증으로 잠 못 이루는 시산이 길어졌나. 불면증과 우울증으로 심신이 무너져 내렸다. 맑은 하늘에 날벼락 맞은 느낌이 들었다. 뭔가 하나하나 기록하고 싶어 책상 앞에 앉아 펜을 잡았으나 무너져 내린 마음은 좀처럼 회복되지 않았다.

이태 전부터 시작한 마라톤으로 장애 극복을 시도해 보았다. 격한 운동을 통하여 혈액순환을 촉진하는 일이 급선무여서 마라톤에만 매달렸다. 마라톤의 출발선에 들어서면 언제나 마음이 설렌다. 육체적으로 자신감과 긍지를 심어주어 끈을 이어가고 있다. 먼 길을 뛰는 과정에서 한두 번 고통이 찾아온다. 이를 극복하여야 완주의 문을 통과하게 된다. 완주의 문이 곧 바라는 선이다. 고통은 쾌감으로 승화되어 값진 열매를 맺는다.

마라톤은 누구와의 경쟁이 아니라 자신과 싸움이다. 앞서 뛰는 사람을 부러워할 필요가 없다. 먼 길을 뛰다 보면 불필요하게 쌓여 있던 생각들이 바람에 하나하나 날아가고 새털처럼 가벼운 몸이 된다. 상쾌한 기분에 긍정적인 생각이 머리를 채운다.

일상생활에서 삶의 선도 올바르게 밟으며 걸어가고 있는지 성찰의 시간을 갖는다. 나름대로 기준을 정해 놓고 그 선을 지키려고 노력하고 있다. 멀리 골인 선이 보이면 그렇게 기쁠 수가 없다. 여러 군데의 세계 마라톤대회와 국내 대회에 참가하며 보람을 느꼈다. 완주의 선물은 인내와 자신감이었다.

아픔과 고통을 이겨내려고 새벽예불에 참여했다. 정신적 믿음인 감사의 기도는 아침을 여는 시간이었다. 보은인지 마음이 안정되어 가는 느낌을 얻었다. 일요 법회에 참여하는 것도 마음 근육을 튼튼하게 만들어 주고 있다.

나에게 찾아온 시련은 그동안 쌓아온 과욕과 욕심 때문은 아닌지 생각해 본다. 복잡하게 얽힌 인연에서 남에게 상처를 준 일은 없었는지, 누구의 마음에 못을 박은 일 또한 없는지 자문해 본다. 사찰을 찾을 때마다 자비로운 부처님 미소를 보며 하나하나 내려놓으려 하고 있다.

삶의 기록을 세상에 내놓기 위해 용기를 내었다. 어쭙잖은 글이지만, 지나온 생을 더듬어보는 시간이라 생각하여 삶의 조각조각을 모아 한 권의 책으로 내놓게 되었다.

수월봉 너머로 지는 노을이 눈이 시리도록 아름답다. 삶의 마지막 선은 황혼 길이었으면 하는 바람이다. 극한상황을 헤맬 때 곁에서 묵묵히 보살펴준 아내와 가족에게 고마움을 전한다.

청명하게 들리는 목탁 소리가 오늘따라 가슴 깊이 스민다.

2024년 가을에

용담동에서 고 한 철

CONTENTS

2

선

3

기도하는 마음

4

산이 말하다

Recollection

5
가슴에 빛을 담다

1

어머님의 노을

수월봉 너머로
곱게 번지기 시작한
노을이 어머님 산소
주변을 덮는다.

어머님은 하늘나라에 계시지만,
지금도 자식을 위해
자비를 베풀고 있다고 믿는다.
일찍 가신 원망보다는 삼 남매를 보살펴 주셨기에
무탈하게 자립할 수 있었던 것 같다.
그 노을은 우리 뒤를 따라오며 마을 전체를 물들인다.
노을처럼 고우셨던 어머님의 모습을 오늘 밤에는 뵐 수 있으려나.

자전거
어머님의 노을
꽃이 피었네
상처
혼을 담다
보물을 만나다
양들의 외출
눈길에 그리움이 머문다

국제서예전시회에서 방명록에 서명하며

자전거

바람을 가른다. 중고 자전거를 구입하고 첫 시승에 올랐다. 아스팔트 길 위에서 핸들을 꽉 붙잡고 앞만 보고 달릴 때면 세상만사 모든 일은 잊어버린다. 페달을 힘껏 밟으면 밟을수록 빠르게 나아간다.

중학교 2학년 겨울방학 쯤이다. 일 년에 두 번 내는 수업료를 한 번도 낼 수 없는 형편이었다. 외할머니댁 인근에 학교 서무과장이 살았나. 할머니는 손자가 어떤 수로든 중학교 졸업장을 받을 수 있도록 서무과장에게 부탁하는 과정에서 한 가지 제안을 받았다. 학교에서 자질구레한 일을 도와주는 급사 일을 해보라하였다. 수업에 빠져도 졸업장을 받을 수 있게 할 것이며, 약간의 급여도 준다고 했다.

의사결정을 할 수 없는 어린 나이인 나로서는 할머니 말씀을 따라 급사 생활이 시작되었다. 급사생활은 중학교를 졸업할 수 있다는 희망에 구세주를 만난 셈이었다. 약골이었던 내가 힘든 일을 어떻게 감당할지는 그다음 문제였다.

중학교에 입학하자 큰아버지 댁에 살았다. 잠은 학교에서 숙직하는 선생님과 함께 잤지만, 식사는 집에서 해결하였다. 학교에서 집까지는 1km가 조금 넘는 거리였다. 집에 다녀오는 시간과 심부름을 빨리하기 위해서는 자전거가 필요했다.

어느 날 학교 인근에 자전거 점포가 들어섰다. 누가 사주는 것도 아니었고 내 급여에서 쪼개 사야 해서 겨우 달릴 수 있는 값싼 중고 자전거를 구입하였다. 재산 1호가 탄생하여 가슴벅차던 순간이 지금도 생생하다.

마련한 중고 자전거는 성인용이었다. 신체가 왜소해서 페달을 밟으려면 겨우 발에 닿을 정도로 힘에 부쳤다. 자전거 타는 시간만큼은 힘들고 지친 몸을 위로받았다. 오래되고 낡은 중고 자전거다 보니 달리는 중에 가끔 줄이 풀어지곤 했다. 그럴 때마다 신체 일부라는 생각으로 다시 끼우고 보듬었다. 처음으로 마련한 큰 보물이었기에 고장이 나면 부속을 교체해 주었다. 시간이 날 때마다 기름

칠하며 주저앉지 말기를 바라는 마음으로 정성을 다했다.

학교는 중·고등학교를 함께 운영하는 사립재단이었다. 남자 선생님이 15명 정도였는데, 많은 분이 담배를 피웠다. 지금은 담배 심부름을 시키지 못하는 시대지만, 그때는 흔한 일이었다. 사적인 심부름이라 생각하지 않고 오히려 심부름으로 자전거를 탈 수 있는 시간이어서 기다려졌다. 바닷가에서 불어오는 바람을 맞으며 신나게 달릴 때는 날아가는 기분이 들었다.

평소에도 심부름할 때만큼은 뛰어다닐 정도로 빨랐다. 자전거를 타고 다니자 "벌써 갔다왔느냐"라고 할 정도로 칭찬했다. 그럴 때마다 기분이 좋았다. 내 일을 누가 도와준 것처럼 자전거가 무척 고마웠다. 일 년 반 넘게 급사 생활하며 자전거만 타면 희망을 업고 달리던 때였다.

빠르고 부지런하다는 말이 근처 우체국까지 알려지며 기약 없던 생활에 새로운 문이 열렸다. 더 많은 보수와 장래까지 보장한다는 조건이었다. 중학교 졸업장을 받자 고등학교에 진학하고 싶은 마음도 간절했다.

더 나은 길을 위해서 우체국 급사의 길을 걷게 되었다. 직원들의 심부름과 잡다한 업무를 도와주는 일이다. 시간이 흘러가면서 하나 둘 알게 된 업무는 그 직원이 없을 때는 대신 처리할 수 있는 수준까지 이르렀다. 우체국의 주요 업무 중 하나가 고객에게 기쁜 소식을 빠르게 전하는 일이다. 전화와 전보가 있고, 편지와 소포, 금융업무가 있다. 그중에도 가장 반갑게 받는 것은 소포였다.

우체국에는 집배원 2명이 있었다. 고산리와 용수·산양리가 관할구역으로 고산 1·2리를 한사람이 맡고 외곽지는 다른 사람이 배달했다. 근무한 지 6개월 정도 지나며 자주 있는 일은 아니어도, 집배원이 병가내면 고산지역 우편 배달은 내가 대신했다. 자전거는 많은 가정에 빨리 돌아다니는 필수 운송 수단이었다.

보통 전보는 일반우편과 함께 집배원이 배달하는데, 특급 전보는 도착하고 두 시간 이내에 배달해야 한다. 빠르게 전하는 것이 생명이다. 특급 전보는 대체로 기쁜 소식보다는 병세가 위급하든지 가족의 사망을 알리는 내용으로 전하면서 같은 슬픔에 젖을 때가 많았다.

어느 늦은 오후였다. 산양리에 특급 전보를 전하고 돌아오는 길이었다. 며칠 전부터 쌓인 눈 때문에 비포장도로와 도랑(홈) 구별이 선명치 않았다. 더구나 두 바퀴 자전거는 비탈진 눈길에 매우 취약하다. 어느 지점에 이르자 자전거와 함께 미끄러지며 도랑으로 내 몸도 들어가 버렸다. 외곽지역이라 아무리 소리를 질러도 도움을 청할 수가 없었다.

사위는 어둠에 잠겨갔다. 도랑에서 버둥거리기를 몇 번 하다가 겨우 몸을 일으켰다. 내 몸 다친 것보다 먼저 자전거의 무사함을 살

폈다. 다행스럽게 운동화와 바지가 젖은 정도였고, 자전거는 멀쩡했다. 한참 자전거를 끌고 나와 눈 녹은 도로에 이르렀다. 자전거 위에 올라 페달을 밟았다. 우체국 마당에 도착하자 직원들이 초조한 마음으로 기다리고 있었다. 눈물이 핑 돌았다. 누군가가 나를 힘껏 안아주었다.

학교 급사 일을 할 때는 하는 일이 힘겨워 혼자 창고에 숨어 눈물짓는 시간도 많았다. 친구들이 책가방을 들고 당당하게 걸어 다니는 모습을 볼 때마다 한없이 부러웠고, 나 자신은 죄책감을 짊어진 느낌이었다. 그렇지만 나는 자전거 위에서 푸른 꿈을 만들었다. 모진 비바람에 꺾이지 않는 들풀처럼 더욱더 단단한 뿌리를 땅속 깊이 심었다. 그 뿌리는 지금도 좋은 자양분으로 되살아난다.

| 2022년. 제8호. 제주수필과 비평

어머님의 노을

수호신처럼 마을을 지켜주고 있는 두 봉우리를 바라본다. 오른쪽에는 남성미가 넘치는 당산봉이 있고, 왼쪽에는 어머니 품처럼 포근한 수월봉이 있다. 마을의 나쁜 액운을 막아주거나 모자란 부분을 채워주듯 두 봉우리는 마을을 품고 있다.

당산봉은 유년 시절 때 벗들과 누가 먼저 꼭대기에 올라가나 경쟁하며 놀던 놀이터이었다. 수월봉 자락은 집 앞마당처럼 뛰놀던 추억이 담겨있는 공간이다. 두 정상에서 낙조의 아름다움을 보노라면 내 영혼도 붉게 물들어가고 있는 마음의 안식처이다. 언제나 가슴속에 자리한 든든한 디딤돌이다.

수월봉 남쪽 양지바른 곳에는 어머님 산소가 있다. 60여 년 전, 산천은 온통 푸른 옷을 입었다. 태양은 대지를 뜨겁게 달구며 무더위가 기승을 부렸다. 어머님은 누나와 나, 그리고 동생을 남겨놓고 서른 초반의 나이에 하늘나라로 가셨다. 막내를 집에서 출산하다 과다 출혈이 원인이었다.

영정사진 앞에서 아무것도 모르고 천방지축 뛰어다니던 여섯살 아이었다. 나를 보던 친지들은 한숨만 내쉴 뿐이었다. 왜소한 몸에 펄렁거리는 상복을 입고 돌아다니다 어디론가 숨어버리면 사촌 형들이 찾아다녔다. 어머님과 함께 손을 잡고 다녔던 기억은 희미하게 남아있다. 태어날 때부터 몸이 매우 허약했다. 딸 다음에 아들을 얻었으니 애지중지하며 자랐다.

어머님 산소를 찾을 때마다 어깨가 늘 무거웠다. 매년 청명과 추석 전에 벌초한다. 올해는 신구간을 맞아 산소 둘레를 산담으로 새롭게 했다. 어머님께 새 집을 한 채 지어드리는 것처럼 맏아들로서 마음이 뿌듯하다. 어머님 시신을 매장할 때는 소나무가 있는 임야였다. 멀리 산방산과 나지막한 오름이 한눈에 들어온다. 넓은 차귀평야가 품에 안기듯 포근하고 전망 좋은 곳이다.

당시에는 먼 친척 토지였는데 십여 년 선에 타인에게 매도되었다. 그 후 경작지로 개간되면서 나무들이 사라져버렸다. 능선 자락에는 어머님 산소만 덩그렇게 남았다. 바람이 심하게 부는 날은 몸을 가누기도 힘든 곳이다. 풍화작용으로 인하여 해가 갈수록 산소

지면과 경작지 간 높낮이가 점점 심해져 갔다. 하루속히 돌담을 쌓아야 할 형편이 되었다.

흩어져 있던 선대의 산소를 몇 년 전에 한곳으로 이장했다. 가족 공동묘지로 모시면서도 어머님 산소는 유택자리로 좋다는 말을 듣고 그대로 보존하고 있다. 산담을 쌓기로 결정되자, 집안 어르신인 중부仲父도 도움에 나섰다.

흙밭에서 돌 작업을 할 때 비가 내리면 무척 힘들어진다. 전날은 날씨가 화창하더니 그날은 비와 싸락눈까지 뿌렸다. 그런 하늘을 보며 큰비가 내리지 않기를 빌고 또 빌었다. 차츰차츰 돌담 형태로 완성되어 가는 모습에 마음이 놓였다. 산담이 마무리되어 가자 중부의 눈가에 눈물이 고였다. 어르신이 안도하는 모습을 바라보며 늦게나마 잘했다는 생각이 들었다.

지금까지 가졌던 어머님에 대한 죄책감도 눈 녹듯 사라지며 그동안 막혔던 체기가 쑤욱 내려갔다. 오래전부터 염려하던 것이 좋은 모습으로 만들어졌다.

동네 사람들은 어머님에 관한 이야기를 종종 해주었다. 큰아버지 댁에 제사가 있는 날이면 이른 새벽에 허벅으로 물을 길어다가 항아리에 채웠고, 동네 궂은일이 생기면 먼저 앞장서서 도우셨다. 솜씨가 좋아서 가족의 옷도 손수 지어 입혔다. 내가 초등학교 졸업 때까지 덮어 자던 누비이불도 돌아가신 어머님이 만든 것이다.

어머님이 시집올 때 혼수로 마련해 온 느티나무 궤를 지금도 소중히 간직하고 있다. 그 안에 보관된 어머님 사진을 가끔 꺼내 보곤 한다. 고아나 다름없는 우리 남매는 각자 친척 집에서 생활해 오며 꿋꿋하게 성장할 수 있었다. 억센 인생의 파고를 맞을 때마다 끈기와 정신력으로 이겨낼 수 있었던 것은 어머님의 강인한 유전자가 우리 형제에게 흐르고 있기 때문이다.

중부는 일을 마치고 손수 경운기를 운전하여 집으로 가다가 마을 입구에서 사고가 났다. 뜻하지 않은 사고였다. 농로에서 큰 트럭이 경운기를 향해 정면으로 달려오자 살짝 피한다는 것이 3미터 높이의 콘크리트 배수로에 추락했다. 뒤따르던 우리 일행에게 발견된 것이 천만다행이었다. 경운기는 형체를 알아볼 수 없을 정도로 망가졌지만, 중부는 119 구급대에 의해 시내 큰 병원으로 이송되었다. 검사 결과는 다행히 타박상 정도여서 그날 퇴원했다. 이는 분명 조상님이 도왔거나 매사에 자상한 성품을 지닌 어머님이 큰 사고에서 어르신을 구했을 것이다.

수월봉 너머로 곱게 번지기 시작한 노을이 어머님 산소 주변을 덮는다. 어머님은 하늘나라에 계시지만, 지금도 자식을 위해 자비를 베풀고 있다고 믿는다. 일찍 가신 원망보다는 삼 남매를 보살펴 주셨기에 무탈하게 자립할 수 있었던 것 같다. 그 노을은 우리 뒤를 따라오며 마을 전체를 물들인다. 노을처럼 고우셨던 어머님의 모습을 오늘 밤에는 뵐 수 있으려나.

| 2022년. 8월. 수필과 비평사 동인지

꽃이 피었네

마당 입구 터에 금잔화가 곱게 피었다. 넓지 않은 마당 곳곳에는 계절에 따라 다양한 꽃이 피고 진다. 봄이 되면 철쭉을 시작으로 다알리아와 금잔화, 달맞이꽃과 송엽국이 피어 가을까지 곱게 장식한다. 벌과 나비도 찾아와 함께 어울리는 공간이다. 해가 갈수록 꽃들은 경쟁하듯 피어 드나드는 이들을 흐뭇하게 해 준다.

새어머니는 언제부터인가 꽃씨를 심고 거름을 주며 고운 꽃을 피워 냈다. 현관 입구에도 여러 종류의 다육식물이 튼실하게 자라 한 식구가 되었다. 몇몇은 고운 꽃을 선사한다. 팔십 세가 되자 품삯 일을 접으며 시작된 일이다. 말이 없는 식물은 가꾸는 사람의 숨

소리와 보살핌을 먹고 튼튼한 꽃을 피워 보답한다. 살아있는 것은 사랑을 먹고 자란다.

여유로운 시간이 오기까지 어머니가 걸어온 삶은 가시밭이었다. 농촌 마을에서 셋째 딸로 태어났다. 초등학교를 졸업하고 삶의 현장에 뛰어들었다. 눈앞에 닥치는 일에 주저하지 않고 이겨내야 먹고 살던 시대였다. 부지런함과 근검절약이 몸에 뱄다.

어머니가 평생 하던 농사일에서 손을 떼고 보니 허전하였다. 텃밭에서 콩과 채소를 심고 꽃 가꾸는 일로 나날을 보냈다. 동네 지인들과 주말마다 성당에 나가는 일도 빠지지 않았다. 매일 새벽에 일어나 성경책을 펼쳐 놓고 기도드리며 그간 삶의 아픔을 하나하나 씻어 나갔다.

팔십칠 세 되는 늦가을에 어머니의 몸속에 두 종류의 꽃이 만개했다. 어느 날 갑자기 배가 심하게 불러와 시내 S 병원에서 진단을 받았다. 결과는 충격적이었다. 상상외로 큰 꽃을 발견한 것이다. 간경화 말기에다 난소에 3기가 넘는 암이 자라고 있었다. J 병원으로 옮겨 재차 판독한 결과도 동일 진단이었다. 마당에 심은 꽃은 열심히 가꾸고 정성을 들이면서 자신의 몸속에 피어난 검은꽃 소식은 왜 몰랐을까.

담당 교수는 수술 시기가 지났고 연세가 있는 분은 병명을 알면 충격으로 삶을 포기하는 경우가 많다고 했다. 어머니에게는 비밀에 부치고 간경화만 무르익었다고 얘기하기로 했다. 때가 되면 복수를 제거하는 것으로 결론 내렸다. 너무 황당하였다. 얼마 살지 못할 것이라 생각하니 앞이 막막했다. 오래전에 건강검진을 받으면서 심하게 불편을 겪은 바 있다. 그런 후에는 검진받는 것을 극구 사양했던 일도 불찰이 되었다.

수술해도 일 년, 그냥 치료해도 일 년을 고비로 보였다. 진단 초에는 식사를 제대로 못하여 체중이 눈에 띄게 빠졌다. 거르지 않고 한 달에 한 번 복수를 제거하고 있다. 그러기를 1년이 넘으며 다시 검사해 본 결과, 큰 진전 없이 머무르고 있었다. 나이가 들면 빨리 번지지 않아 정체 상태로 서서히 시간만 흘렀다.

쪼그리고 앉아서 하는 밭일에 오랫동안 종사하였기에 관절은 좋지 않았지만. 그 외는 건강한 편이었다. 할머니도 구십 살까지 살아서 본인은 그 이상으로 살 수 있다고 농담처럼 말하곤 했다. 인생의 초반과 중반의 세월은 기구했지만, 사십 중반 이후부터는 삶에 힘이 생겼고 하고자 하는 일에 걸림돌 없이 순탄하였다.

노후도 평안한 나날이었다. 속으로 낳은 자식보다도 더 보살핌이 극진하여 동네 사람들의 입에 오르곤 했다. 어머니도 늘그막에 찾아온 행복이라 여겼다. 나는 어릴 때부터 그렇게 부르고 싶었던 '어머니'가 있어서 고마웠다. 내 아버님을 끝까지 모셔준 보살핌에 늘 감사드리는 마음이다. 나를 낳아준 생모는 너무 어릴 때 동생을 낳다 돌아가셔서인지 지금 어머니를 지극히 모신다.

우리와 인연이 된 새어머니의 기구한 운명이 눈물겹다. 스무 살이 되던 해, 동네 청년에게 시집가서 농사지으며 열심히 살았다. 5년이 지나가도록 슬하에 자식이 없자, 여자의 부덕 탓으로 소박맞았다. 친정에서 지내다 3년 후, 이웃 마을에 상처한 사내에게 재혼하였다. 온갖 서러움과 비난을 받으면서도 자식을 갖지 못하는 죄인이라 생각하여 모든 것을 참고 견뎠다. 오래 버티려고 노력했으나 5년을 겨우 지내고 집을 나오게 되었다.

어머니는 혼자 지내면서도 남달랐다. 왜소한 몸이지만, 총기가 있고 동작이 빨라 같은 일을 하여도 남보다 먼저 마치곤 했다. 그간 이것저것 닥치는 대로 하다 보니 못 하는 일 없이 당차게 마무리하는 자세가 되었다. 전남편의 폭행 후유증으로 날씨가 흐려지면 며칠씩 머리를 감싸고 눕는 일이 빈번했다. 혼자여서 어디 하소연할 곳도 없이 남몰래 흘린 눈물이 얼마나 되었을까. 헛헛한 마음을 여러 번 쓸어내리며 설움을 삼켜야 했다.

삼십 중반이 되는 어느 가을이었다. 우리 아버님이 새어머니에게 청혼을 했다. 십여 년간 객지 생활을 하던 아버님에게는 세 자매가 있었다. 어린 남매들은 따로따로 친척 집에 맡겨졌다. 어느 정도 성장한 자녀는 직장으로 외지 학교로 떠나고 막내아들만 고향에 머무는 실정이었다.

아버님은 직장생활을 하며 마련했던 집과 두 곳의 농경지도 객지로 떠돌며 처분했기에 빈털터리였다. 살림을 시작 한 집도 남의 집, 사글세에서 출발했다. 농사 지을 땅도 없어서 오직 남의 농사 품삯에 종사하였다. 그간 어머니의 몸에 밴 억척스러움이 다시 펼쳐졌다.

낯선 마을에 정착하여 초반에는 동네 사람들과 다툼도 있었지만, 빠르게 안정을 찾아갔다. 여태까지 겪어온 경험을 바탕으로 어떠한 고난과 힐책이 있더라도 마지막으로 정착할 곳이라 여겼는지 모른다. 내리쬐는 태양을 머리에 얹고, 눈보라 치고 거센 바람이 부는 날에도 쉬는 날이 없었다. 매일같이 약주를 벗 삼는 아버님과 서로의 마음을 읽지 못한 사춘기를 맞은 막내와 다툼이 잦았다.

어머니는 하는 일마다 깔끔히 매듭짓고 추진력을 돋보였다. 일꾼들을 모으는 반장 역할까지 하였다. 한 푼 한 푼 꾸준히 3년 정도 모은 품삯으로 거주할 집을 마련하였다. 생활이 정착되어 가자 하는 일에 신명이 났다. 모은 돈이 어느 정도 되자 제주 시내 중심가에 아파트도 구입하였다. 그동안 고생한 대가로 여겨 매우 자랑스러워했다.

요즘은 식사도 잘하고 혈색도 좋아져 가벼운 텃밭 일을 하고 있다. 보름 전에는 나에게 텃밭을 일구라 하고 내년 봄에 수확할 완두콩을 심었다. 몇 해 전부터 완두콩을 수확하면 조카들에게 나눠줬던 그 기쁨을 다시 느껴보려 하고 있다.

이 겨울이 가고 봄이 오면 마당 곳곳에 꽃들이 예쁘게 필 것이다. 하얀 웃음을 나누는 천사 날개 같은 데이지 몇 포기를 새롭게 심어 드리겠다. 곱게 핀 꽃을 보면 반가운 마음에 꽃잎 하나하나에 악수를 청하지 않을까. 검은꽃이 사라지고 새 봄이 오면 찬란한 꽃이 피어날 것이라고 믿는다. 금잔화는 더 짙은 황금색 옷을 입고, 벌과 나비도 더 많은 친구를 데리고 찾아올 것이다.

| 2024년. 제10호. 제주수필과 비평

상처

사람들은 한두 가지 아픈 마음을 가슴에 품고 살아간다. 그 아픔이 크냐, 작으냐에 따라 삶에 영향을 미치는 경우가 있다. 영원히 잊지 못할 추억도 있지만, 아픔과 고통을 통하여 성숙한 모습으로 변할 수 있는 경험은 값진 선물이다.

아픔을 외부로 표현하기도 하지만, 속마음이 단단한 사람들은 이를 숨기고 살아간다. 쉽게 드러내지 않은 가시를 보듬으며 단단히 자신을 보호하려는 방패막일지 모른다. 그 가시는 살아가며 좋은 씨앗으로 성장하는 일이 많다. 상처에는 외부적으로 드러나는 경우와 내면 깊숙이 자리하여 사회생활을 하는 과정에서 밑거름으로 활용하기도 한다.

사고나 부주의로 입은 외부적 상처는 일정 기간 잘 치료하면 흉터는 남더라도 속앓이하지 않는다. 반면, 내면적 상처를 입고 해결되지 않으면 오랜 갈등으로 남게 된다. 잘 치유하면 값진 열매가 될 수 있다. 영양분으로 잘 소화할 경우 좋은 에너지가 된다. 성공한 사람에게서 고난과 역경, 갈등을 극복한 경우를 본다.

내가 살던 마을에서 10리 정도 떨어진 이웃 마을에 이모님이 살고 계셨다. 부모가 없다시피 한 상황에서 일곱 살 때 사촌 동생들을 돌보며 1년간 함께 살았다. 초등학교에 입학하게 되자, 셋아버지 댁에서 지내게 되었다. 그러면서 여름과 겨울방학 기간에는 이모 댁에서 보냈다.

초등학교 2학년 여름방학 때다. 비가 온 다음 날이었다. 장독대 옆에 4m 높이의 감나무가 있었다. 혼자였고 나뭇가지 이곳저곳으로 옮겨 다니다가 미끄러지면서 바닥으로 떨어졌다. 물을 잔뜩 먹은 나무가 미끄럽다는 것을 알지 못했던 것이다. 장독대 바닥에 깔려있던 날카로운 항아리 조각이 턱밑, 식도에서 1cm 옆에 깊숙이 박혔다. 그 지역은 산가에 있는 농촌이라 의원이나 약국이 없었다. 나를 어떻게 이동했는지 모르지만, 우리 마을로 옮겨 응급처치한 모양이다.

당시는 교통수단이 좋지 않았다. 불행 중 운이 좋았다. 이동하며 상당한 시간이 지나는 과정에서 많은 출혈이 있었을 것이다. 또, 조금만 더 옆에 찔렸으면 숨을 쉬는 기도여서 바로 목숨이 위태로울 수 있었다. 누군가가 도와주었던 것이 분명하다.

철이 없을 때이니 동네 또래들과 어울려 마냥 돌아다녔다. 상처는 여름철이 되자 자주 소독해 주어야 했고, 붕대 위에 반창고를 붙이고 다녔다. 초등학교 앞쪽에 한내漢川가 있는데, 300여 평 넓이의 물웅덩이로 빗물이 내려와 고였다. 깨끗하지 못하여 식수로 사용하지 않고 가축에게 먹이거나 벼농사에 쓰였다.

여름철에는 동네 아이들의 물놀이 장소로 이용하였다. 깊이가 있어 발끝이 닿지 않았다. 친구들과 어울리다 보니 자연스럽게 수영을 배우게 되었다. 3m 높은 밭에서 뛰어내리는 다이빙도 서슴없이 하였다. 청결하지 못한 물이기에 부상 치료하는 동안에는 물놀이를 하지 말아야 했다. 정신없이 놀다 보면 붙였던 붕대가 언제 떨어졌는지 모르게 없어졌다. 치료하는 데 신경을 쓰지 않다 보니 상처가 빨리 나아지지 않았다. 병원을 찾을 때마다 꾸중을 들었다.

뒤돌아보니 내면의 상처도 있다. 직장생활 20여 년쯤에 모 동사무소 책임자로 부임하게 되었다. 지방화 시대가 활짝 열리며 단체장 선거 시기가 도래하였다. 순수한 마음 때문인가 싶다. 아니면, 그 세계를 잘 몰랐던 것이 문제였다.

한 분은 3년 동안 기관장으로 바로 곁에서 보좌한 분이고, 상대편은 학교 선배로 경쟁하는 상황이었다. 짧은 생각이 나쁜 결과를 낳았다. 갈등이 내면에 잠시 머물렀다. 어느 한쪽에 기울 수 없다는 생각이 들었다. 선거가 끝나자 당선자 측 참모들이 반대편에서 운동했다고 알고 있었다.

당시에는 그런 상황을 잘 몰랐다. 몇 년을 버림받은 신세처럼 맴돌게 되었다. 큰 잘못 없이 외톨이가 된 느낌은 가슴속에 불덩이가 되어 갈등으로 번졌다. 해결 방법으로 직장을 그만둘 생각까지 했다. 간부로 출세하려면 분명히 한 쪽 줄에 잘 서야 한다는 말도 들었다. 나는 분에 넘치는 행운을 바라든지, 그런 세계에 휩쓸리는 편이 아니다.

생존을 위해서는 상처를 하루빨리 보듬고 새로운 길을 모색하는 것도 한 방편이었다. 조직에 남아 속앓이를 하느니 다른 단체로 이동함이 갈등을 치유할 수 있다는 판단에 이르렀다.

부지런하고 성실함을 인정받아서인지 상급 기관 단체장 밑에서 다시 일하게 되었다. 새로 태어나는 기분으로 성심성의껏 보필했다. 부하를 진심으로 사랑해 주는 마음이 읽히자, 보람을 느꼈다. 신뢰받다 보니 하는 일에 신명이 났다. 주말에는 행사가 많이 치러지는데 즐거운 마음으로 보좌했다.

헤어지는 인연이 있으면 다시 좋은 인연을 만나는 기회도 주어지는 게 우리의 삶인가 보다. 부드러운 상사로 다정한 집안 어른처럼 자상히 챙겨주고 아껴주심에 한없이 감사할 따름이었다. 인생을 살아가며 그늘이 되어 준 인연을 만난 일은 행운이다.

인간은 모든 면에서 완벽할 수 없다. 중간에 있었던 일은 한 과정이다. 복잡한 인연으로 맺어진 사회생활에서는 다양하게 전개되는 과정을 해결하며 살아갈 수밖에 없지 않은가. 자기 행동을 타인이 바라볼 때 흔들리게 보이면 그 생각이 맞을 수도 있다. 자기 욕심이 과하여 화를 자초한 면이 없었는지 뒤돌아보며 성찰해 본다. 실수와 과오가 생기면 냉철히 판단하여 시정되면 되겠다고 생각한다. 뻔뻔하게 반성하지 못하는 자세가 문제지, 진실한 마음이 있으면 용서된다고 여겼다.

외부 상처를 훈장처럼 달고 다닌다. 내면에 쌓였던 갈등과 상처는 성장하는데 밑거름이 되었고 하나하나가 쌓여서 든든한 언덕을 만들었다. 언제부터인가 자신을 많이 내려놓으려고 노력하고 있다. 그러다 보니 차츰차츰 마음이 편해지고 있다. 귀가 순해지는 시기에 접어들면서 취미 생활에 시간을 많이 할애하고 있다. 건강한 삶의 빛이 주위에 맴돌고 있는 듯하다.

이제 어떤 언덕도 두렵지 않게 오를 수 있는 강인한 마음의 힘이 생겼다. 그 언덕 위에 올라 곱게 물드는 노을을 바라본다.

혼을 담다

벼루 앞에 앉으면 마음이 경건해진다. 먹을 갈기 시작하면 묵향은 온몸에 스며들며 맑은 정신이 샘솟는다. 방 안 가득 퍼지는 은은한 향기는 오래전부터 친숙한 냄새다. 새가 목이 말라 찾아와 쉬고 가는 샘물터처럼 묵향이 번지는 공간은 늘 고요함이 머문다.

붓을 처음 접하게 된 것은 초등학교 4학년 때다. 일주일에 한 번 특별활동 시간에 서예 지도를 받았다. 선생님이 가르쳐준 대로 그림 그리듯이 시작했던 서예가 이삼 년이 지나며 서서히 소질로 이어졌다.

초등학교 6학년 때, 지역에서 선발된 삼사 명이 제주북초등학교에서 개최된 전도 초등부 서예 경진대회에 참가했다. 한경면 대표로 뽑힌 자부심 때문에 들뜬 기분이었다. 막상 시내 풍경과 도시 아이들 모습을 보자 긴장감으로 몸을 에워쌌다. 관덕정 근처 여인숙에서 하루를 머무르며 경진대회를 준비하는 동안에도 마음이 안정되지 않았다. 시골 소년이 도시 아이들과 견준다는 것은 무리였지만, 지역 선발 대표로 참가한 것만으로도 어린 시절 잊을 수 없는 추억이었다.

공무원 초임 시절, 제주시청 사회과에 근무할 때였다. 시정에 협조가 많은 시민에게 감사장을 수여 하곤 했다. 전문적으로 붓글씨를 쓰는 직원이 있었는데 병가를 냈다. 그때 무슨 자신감으로 내가 쓰겠다고 나섰는지 모르겠다. 오래 잠재되어 있던 용트림이 꿈틀거렸을까. 그 후로는 우리 부서의 것은 직접 썼다.

동사무소에 큰 행사가 있을 때도 붓을 들 때가 많았다. 이웃 동사무소에서도 찾아주었다. 현황판 글씨도 기회가 있을 때마다 망설임 없이 앞에 나섰다. 시대 변화에 따라 컴퓨터가 등장하면서 편리성 때문에 붓글씨는 점차 뒤로 밀렸다. 그 후로 업무가 바쁘다 보니 붓과 가깝게 할 시간이 멀어져 갔다.

이십여 년 근무하던 시청을 떠나 제주도의회에서 근무하게 되었다. 몇 년 전부터 그곳에서는 직원 십여 명이 서예를 하고 있었다. 국내는 물론 동양 무대에서 명성이 높은 S 선생의 가르침 속에 불꽃을 피우는 모습이 아름다웠다. 천금 같은 기회를 만난 셈이다. 서슴없이 합류하여 붓을 잡았다. 묵향이 나를 반겨 주었고 먼저 붓을 잡은 동료들의 글씨가 부러웠다. 처음부터 잘 되는 일이 어디 있을까 하는 마음으로 남들보다 더 열심히 매달렸다.

휴일에도 서실에 나가는 일을 일상화했다. 고요히 붓을 잡고 화선지와 씨름하다 보면 모든 잡념이 사라지며 혼과 마음이 하나가 된다. 바다가 하얀 파도를 만나듯 붓글씨는 하얀 세계에 검은 파도를 만든다. 파도는 힘이 넘칠 때 활력 있게 보인다. 힘센 파도와 싸우다 보면 정신이 맑아지고 물결에 취한다. 쓰고, 버리고, 또 쓴다. 인내와 끈기가 필요한 시간이 거듭된다. 인내의 열매는 작품으로 완성되어 기쁨이라는 선물을 준다.

붓을 잡고 일 년 후에 전국 추사 서예 대전에 출품하여 특선을 받았다. 서예는 약간의 소질도 필요하지만, 끝없는 습작이 요구된다. 바위에 크고 넓게 부딪치며 만들어 내는 파도가 존재감을 나타내듯이 어느 정도 필력이 묻어나야 생동감 있는 글이 되고 혼이 스며든다.

3년 후에 도청으로 발령받게 되자 붓과 자연스럽게 거리감이 생겼다. 그 이후에도 여러 부서를 옮겨 다니며 중견 간부로서 역할을 할 때도 서예에 대한 미련은 버리지 못했다. 가끔 지면에서 전시회 작품을 볼 때는 마음속에 검은 물결이 끊임없이 치고 사라졌다.

은은한 향이 코끝을 자극한다. 그 냄새가 자꾸자꾸 나를 부른다. 묵향이 그리워 목마름을 느껴질 때 진급하며 다시 의회에 근무하게 되었다. 반가웠다. 그간의 아쉬움을 아낌없이 채워갔다.

3년 동안 전국대회에 출품하여 입상하기도 했다. 그때부터 조카들 결혼할 때는 거실에 걸 좌우명을 써주었다. 조상의 기일을 모시는 사촌들에게 병풍을 써준 것이 값진 보람으로 남는다. 그곳에 진한 영혼이 담겨 있다.

출품했던 작품 하나하나가 더해지자 학회에서 추진하는 국제 교류전에도 참가했다. 서예 문화권인 나라 가운데 중국, 일본, 베트남과 상호 교류전에도 참가할 수 있는 영광이 주어졌다. 나라마다 그들만이 독특한 서체를 감상할 수 있는 행운도 따랐다. 거센 파도일수록 생동감이 넘치듯이 한 획마다 열정과 정성을 다해야 살아있는 예술이 된다.

시대 흐름에 따라 인내심이 필요한 일에 관심을 두지 않으려는 경향으로 흐르고 있음을 볼 수 있다. 붓글씨 역시 예전에 비해 배우려는 사람이 줄어드는 상황을 보면서 아쉬운 마음이 든다. 정서적으로 좋다는 것은 개인의 생각일 뿐이다. 지인이나 후배에게 권해보지만, 선뜻 나서기를 망설인다.

몇 년 전에 공직을 퇴직하고부터는 붓 잡는 시간을 더욱더 늘렸다. 그 길에 접어들고 걷는 시간보다는 멈춰진 시간이 더 길었다. 붓을 잡은 지 20년 만에 전국 추사 서예·문인화 휘호 대회에서 작가 반열에 오르게 되었다. 더욱 열심히 하라는 메시지로 여겨 숙연한 마음으로 끈을 놓지 않으려 다짐한다. 오랫동안 맺혔던 꽃봉오리가 늦가을에 피었다.

나만의 공간에 들어서면 곳곳에 묻혀있던 묵향이 와락 달려든다. 여유로움과 행복은 젊음으로 되살아난다. 오늘도 그 향에 흠뻑 젖는다. 혼을 심는 필체는 오늘도, 내일도 내 가슴속으로 성난 파도처럼 덤벼들 것이다.

| 2022년 4월. 제주 문학

보물을 만나다

동토의 땅, 러시아에 처음으로 발을 딛었다. 가기 힘든 곳을 볼 수 있는 기회가 주어져 반가웠다. 인천공항에서 10여 시간을 비행한 후, 모스크바 공항에서 환승하여 목적지에 도착하였다. 여러 가지 생각과 기대로 가슴이 설렜다.

러시아 제2수도 상트페테르부르크이다. 1703년 표트르 1세가 스웨덴으로부터 탈환한 네바 강 하구에 넓게 펼쳐진 광야에 건설되었다. 절대왕정의 새로운 수도로 지정되어 '유럽으로 향한 창문'이라 불리는 곳으로 서구 문화를 받아들이는 항구가 되었다.

1918년 모스크바로 수도가 다시 이전되기 전까지 200여 년 동안 찬란한 문화를 꽃피웠다. 100여 개 이상의 섬과 365개의 다리로 연결된 북쪽의 베네치아로 불리는 아름다운 도시이다. 주요 산업으로는 농수산업, 공업, 석유화학 등이지만, 농업의 전체산업의 20%를 차지하고 그중 80%가 축산업이다.

유럽 광장문화의 규모에 놀랐다. 에르미트세요 박물관은 역대 황재가 살았던 왕궁(겨울 궁전)과 4개의 부속건물을 미술관으로 사용하고 있다. 영국의 대영박물관과 프랑스의 루브르박물관과 함께 세계 3대 박물관으로 자리매김하고 있다.

조각, 미술품, 발굴품 등 약 250만 점이 전시되고 있는데, 한 점 한 점을 보며 놀라움을 금치 못했다. 한 점당 일 분씩 감상하더라도 5년이 소요될 만큼 많은 작품을 보유하고 있었다. 당시에는 장비도 마땅치 않았을 텐데 옥돌로 만든 작품 하나에 20톤에 이르는 것도 있다.

원시 문화사 · 고대 그리스 · 러시아문화 등 6개 부문으로 나누어 125실로 이루어졌다. 15세기 레오나르도 다빈치의 작품 「성처녀와 주 예수」, 17세기 렘브란트의 작품 「다나에」, 바들로 피카소 작품 등 많은 유명 작가들의 진품이 전시되어 있다.

미술관을 겨울궁전冬宮 이라 일컬을 정도로 바로크 양식으로 화려하게 치장한 내부 시설은 왕정 시대에 연회장으로 사용되었다. 품격 높은 모습 그대로였고 건물 외부도 모두 예술품 같아 보였다. 러시아는 19세기 미술로 유명하여 우리나라 유학생들도 다수 공부하고 있다. 보물 같은 미술품을 관람하는 시간 동안 가슴속에 묵직한 무게가 자리했다.

번화가에 있는 주요 도로인 넵스키 대로에는 상점과 은행·백화점과 극장가들이 즐비하다. 대로변 2층 커피숍에 앉아 이국정취를 잠시 느껴보았다. 시내 중심부에는 18~19세기 바로크·클래식 양식의 건물들이 하나같이 조각한 예술품으로 보였다. 성 카잔성당은 농노출신 건축가 바로니킨이 1801년부터 10년간 지은 성당으로 94개의 콜린도 양식 기둥이 이색적이었다. 성당이 완성된 후 러시아는 나폴레옹 전쟁에서 승리를 거두었고 그 전리품이 성당 안에 전시되어 있다.

세계 10대 기적의 하나인 성 이사크 사원을 보자. 1818년부터 40년에 걸쳐 건설된 제정 러시아 최고의 건물이다. 높이가 101m에 달하고 1만 4천명은 수용 할 수 있다. 내부 장식은 22명의 예술가가 참여 하여 성당 장식을 위한 동상만 300여점이나 된다. 성당 지붕의 원형 돔 건설에 100kg의 금이 사용되었다.

상트페테르부르크의 또 다른 자랑은 네바강이다. 줄기에서 뻗어 시내 곳곳을 가로 지르는 운하에는 관광객을 태운 유람선들이 여유롭다. 주변에는 궁전과 성당·교회 그리고 동상들이 배치되어 다양한 건축미를 자랑한다. 도로변 건물들도 모두 일정한 높이에 예술품 같이 고풍스럽고 독특한 미를 가진 도시다.

러시아 근대 문학의 아버지인 시인 푸시킨을 비롯하여 투르게네프 · 토스토옙스키와 음악가 차이콥스키 등이 활동한 도시이기도 하여 그 동상들이 곳곳에 있다. '모스크바만 보고 러시아를 보았다고 할 수 없고 문학적 산보 없이 상트페테르부르크를 다녀왔다고 할 수 없다.'는 말이 있다.

네바강변에는 오로라 순양함이 정박해 있는데 러시아 혁명 당시 동궁 진격 포성을 울린 역사적인 군함이다. 2차대전 당시 대마도 근처 전선에 참여한 전적이 있다. 현재는 '10월 혁명 기념관'으로 사용되고 있다. 다른 한쪽에는 세계 일주를 한 범선(미르: 평화, 세계)이 아름다운 자태로 사람의 눈길을 끌었다.

현재 자본주의를 표명하고 있지만, 구소련의 사회주의가 지금도 잔재해 있다. 아직도 급행료가 상용되는 사회이며 교육과 의료는 무료이고 의료서비스는 아주 형식적이다. 여권 신장이 높은 편이다. 급히 서두르지 않는 여유로운 모습이다. 차들이 밀려도 경적소리를 울리지 않고 차례 기다리는 자세는 오래전부터 습관화된 듯했다.

기념품 가게에 들렀다. 아직도 사회주의의 영향이 남아 있는 건지 종업원의 예쁜 얼굴과는 달리 무표정한 모습에서 냉랭함이 느껴졌다. 물건을 팔겠다는 의지가 전혀 보이지 않고 단지 고른 물건을

계산하는 정도였다.

3일 동안 우리 일행을 안내해준 현지 가이드는 교포 3세로 학교 선생 같은 스타일에 한국어를 잘 했다. 두 자녀의 아빠로 그의 부모는 우크라이나에 살고 있다. 요즘 우크라이나 사태를 보며 무사히 지내고 있는지 염려스럽다. 진한 동포애가 느껴졌다.

몇 해 전에는 프랑스 루브르 박물관에서 레오나르도 다빈치의 대표작인 '모나리자' 작품을 눈앞에서 본 영광도 있다. 루브르 박물관에는 기증된 유물이 많아 교체전시 하고 있다. 단지 경비원은 사진을 찍지 못하게 순회한다. 이번에 상트페테르부르크 에르미트세요 박물관에서 원시 문화부터 근세에 이르기까지 전시된 소중한 보물들을 직접 만났다.

인상 깊게 보았던 작품 하나하나를 가슴에 묻는다.

양들의 외출

언제 만나도 반가운 얼굴들이다. 시골에서 흙과 함께 지내다 보니 마음들이 참 곱고 소박하다. 비록 햇빛에 그을린 얼굴이지만, 회갑을 맞는 나이에도 표정이 마치 초등학생처럼 해맑다. 순수함이 묻어난 모습, 잘난 사람 못난 사람 없이 평등하게 어릴 때 이름을 부르니 더욱 다정스럽다. 아무런 이해관계가 없다 보니 행동이 편하다. 정겨운 시골 정서가 솟아난다.

청양靑羊의 해다. 靑은 진취적이고 긍정적이다. 나는 여기에 순수한 면을 덧붙이고 싶다. 입춘을 맞이하여 초등학교 동창으로 구성된 친목회에서 부부 동반으로 회갑 여행을 나섰다. 여덟 부부는 부푼 기대 속에 완도행 카페리에 몸을 실었다. 2박 3일 동안 전라도 완도와 강진 지역의 관광지와 먹거리를 만난다.

농사 짓는 벗들은 힘이 닿는 데까지 계속하겠다지만, 직장에 다녔던 친구들은 제2의 인생을 준비해야 할 시점이다. 요즘 농촌은 농번기가 아니어서 편한 마음으로 여행길에 나섰다. 나 또한 퇴임을 준비하고 있는 시기라 부담 없이 함께하고 있다. 여행은 건강할 때 하여야 즐겁고 보람 있다.

일행 중에 S라는 친구가 있다. 몸도 불편하고 미흡한 면도 좀 있어서 누구의 도움 없이는 나들이가 곤란한 입장이다. 여행 동반자로 결정하기 전에 모두가 도와주기로 하고 동행하게 되었다. 육지 여행은 처음인가 싶다. 이 친구로 인하여 웃음꽃은 시간이 날 때마다 피어났다. 얼굴에 피어나는 웃음이 천사 같다. 가식이라고는 전혀 찾아볼 수 없는 순수한 마음이 나타난다. 치열하게 경쟁하는 사회에서 찌든 모습이 전혀 없는 웃음을 우리에게 준다.

전용 버스 기사는 첫 방문지로 땅끝에 있는 마을로 안내했다. 해남군 송지면에 있는 땅끝 마을土末은 한반도 최남단 땅이다. 끝은 시작을 의미하기도 한다. 땅끝에 우뚝 솟은 사자봉은 기氣가 최고로 모인 곳이다. 기를 받고 시작하는 셈이 되었다. 전망대에서 바라본 흑일도·보길도·노화도 등 섬과 바다가 한 폭의 그림처럼 아름다운 풍경이 눈에 들어왔다. 날씨가 청명하면 한라산까지 볼 수 있다고 한다.

여행하면 또 빠질 수 없는 것이 먹거리이다. 저녁은 해남 떡갈비로 하였는데 전라도에서 시작된 요리라 한다. 갈빗살을 곱게 다져서 만들었기 때문에 연하고 부드러워 감칠맛이 났다. 건물은 엉성했지만 전통 있는 식당이었다. 여행의 즐거움에 반가운 얼굴들이 함께한 자리여서 기분이 절로 좋았다. 오가는 잔 속에 우정의 꽃은 붉게 피었다. 부인들이 잘 먹었다는 평가가 있는 걸 보니 선정을 잘했다.

어둠이 지상에 내려온 지 꽤 된 시간이었다. 숙소는 식당에서 한참 거리에 있는 주작산朱雀山 자연휴양림 속에 있었다. 해남군과 강진군 경계에 위치하여 산 중턱이다. 내비게이션이 있었지만, 한적한 산골이고 처음 가는 길에 폭도 좁았다. 캄캄한 밤길이어서 조심조심 운행하여 어렵사리 도착하였다.

이곳에서 이틀 밤을 머무는데 남성 8명이 한방을 쓰게 되었다. 모처럼 성인들이 한곳에 모여 잠자리하게 된 것이다. 공간은 몇 군데 있었지만, 개방된 곳이었다. 그 모습들이 다양했다. 그동안 고단한 삶을 짊어진 가장들이 어깨가 무거웠는지 힘들게 몸부림치며 몸으로 말한다. 밤에도 농기계 소리를 내는 것을 보면, 지나온 삶이 묻어난 모습이어서 자랑스럽게 느껴졌다.

오전 시간에 대흥사大興寺에 들렀다. 조계종 제22교구 본사이며 천 년 고찰이다. 큰 사찰에 들릴 때마다 느끼는데 우람한 산세에다 좋은 명당에는 대웅전이 자리해 있다. 입구에서 만나는 계곡의 물소리는 마음을 깨끗이 하고 찾으라는 듯 청정하게 흐른다. 걸어오면서 모든 잡념을 내려놓으라고 곧게 뻗은 나무들이 말을 한다. 법당에 들어가 머리를 조아리고 나면 편한 마음이 든다. 오늘이 있게 해주셔서 감사의 기도를 올렸다.

녹우당은 고산 윤선도의 고택이자 해남 윤씨 종가이다. 고택 입구에 오래된 은행나무가 명당을 지키고 있었다. 안락하고 포근하게 느껴졌다. 유물전시관에는 실용적인 학문을 추구하고 뛰어난 감각으로 혁신적인 그림 세계를 개척한 윤두서 등 관련된 유물들이 전시되고 있다. 조선시대 양반가 중 가장 많은 유물을 보관해 온 집안이다.

차나무와 동백이 어우러진 천년의 숲길을 걸었다. 만덕산 자락에 있는 백련사에서 넓게 펼쳐진 강진만의 모습을 오래 지켜보았다. 속이 뻥 뚫리는 기분이었다. 나들이하기에 알맞은 날씨는 좋은 선물이다. 날씨가 좋으면 그저 그러니까 하고 지나가는데 날씨가 엉망이면 일정이 뒤죽박죽되어 혼란스럽게 된다.

산길을 넘어가는 오솔길에 차 향기가 기분을 좋게 한다. 다산초당茶山 草堂은 정약용의 목민심서와 흠흠신서를 비롯하여 그의 학문적 완결을 보여준 수많은 저서의 탄생지이다. 경건한 마음으로 다산을 그려 보았다. 목민심서를 읽으며 공직자로서 몸소 실천하고

자 했던 시간이 새롭다. 지금도 후세들에게 좋은 교훈을 주고 있다.

이날 저녁식사는 회 정식이었는데 맛의 본고장인 전라도의 솜씨가 담긴 정성스러운 상차림이었다. 몇 년 전부터 준비한 여행이지만, 이곳에서 진수성찬의 회갑상을 받은 기분이어서 뜻깊은 자리가 되었다. 음식은 건강할 때 골고루 먹고 잘 소화 시키면 행복감을 느낀다.

하산은 주작산 봉우리를 넘어가는 길로 택했다. 앙상한 나뭇가지는 긴 겨울잠에서 서서히 봄을 기다리며 기지개 켜려 한다. 그리 높지 않은 정상에서는 사방을 훤하게 볼 수 있다. 먼 곳을 바라보며 숨을 깊이 들이마셨다. 드넓게 펼쳐진 평야처럼 바다의 수면 위에 잠들어 있는 잔잔한 물결이 평화롭다. 저 물속은 얼마나 많은 생명을 키워내고 성장하고 있을까. 바다는 보고의 숲이다.

양지바른 자락에서 보물을 만났다. 혹한기를 이겨내고 윤기 흐르는 잎 사이로 힘차게 뽑아 올린 꽃대들이 함초롬하다. 춘란 자생지였다. 새색시처럼 고개를 숙인 님의 모습에 멋진 자태와 향기를 느낄 수 있었다. 식물은 자생하는 주변 환경에 따라 건강 상태를 알 수 있다. 자생지에서 한 포기에 십여 개 꽃대를 껴안은 모습을 본 일은 행운이다. 나도 오래전부터 한 분盆을 키우고 있는데 그처럼 싱싱한 모습이 아니다. 가슴에 담고 왔다.

지금까지 열심히 살아왔기에 더욱 보람으로 느껴진다. 모처럼 마련한 나들이는 부인들이 더 만끽한 시간이었다. 그 남편들의 미소가 입가에 번진다. 코흘리개 친구들과 함께한 일정은 노래하고, 웃고, 마음껏 떠든 날이 되었다. 특별한 양들의 외출은 화려하지 않았지만, 즐겁고 신나게 보낸 회갑 여행이다. 허물없는 친구들이기에 조금씩 불편한 점도 참고 양보하다 보니 더욱 값진 추억이 되었다.

가득 담고 온 건강한 에너지를 벗들에게 오래오래 나누어 주고 싶다.

눈길에 그리움이 머문다

함박눈이 딴 세상을 만들었다. 대륙은 일주일 이상 영하의 날씨라고 한다. 제주는 영상 기온을 웃돌지만 매서운 바람이 불어 체감온도는 영하의 추위다.

12월 중순, 제주에는 보기 드물게 아침부터 함박눈이 내렸다. 올해 겨울은 평년보다 춥다는 예보가 있다. 자동차와 길거리를 하얗게 덮은 눈이 다양한 세상을 그려놓았다. 너풀너풀 춤을 추며 나비처럼 대지에 하얗게 쌓이는 모습은 한 폭의 동양화를 연상케 한다. 3층 사무실에서 내려다보이는 모든 지붕과 나무들이 순식간에 순백색으로 갈아입었다.

올망졸망한 자동차 지붕은 하얀 솜사탕을 피워놓은 것 같다. 야외 주차장 바닥에도 하얀 융단으로 바꿔 놓았다. 모퉁이에 서 있는 중년의 구실잣밤나무는 타원형으로 푸른 가지 위에도 흰 눈이 수북이 쌓였다.

구실잣밤나무에 시선이 머물었다. 소복을 곱게 차려입었다. 5m 정도의 높이에 넉넉한 줄기와 가지를 거느리고 모퉁이 자리를 지키는 나무는 하얀 무게를 감당하고 있다. 나뭇가지 모습이 아름답다. 여름에는 넓고 시원한 그늘을 드리워주는 나무다.

그간 지내온 세월 동안 세찬 바람과 고뇌가 배어 있는 듯하다. 남탓 않고 홀로 고독을 씹고 안분지족安分知足의 마음으로 오랜 세월을 묵묵히 자리했다. 거친 자연을 이겨내며 표정 없이 한 자리를 지켜왔다. 지새운 지난날들을 혼자만 알고 있겠지만, 침묵만이 있을 뿐이다. 가물면 가문대로 수없이 들이닥치는 비바람에 가지가 꺾이고 채이며 상처를 받은 날이 얼마였을까.

늘 그 자리를 지켜주는 고향의 나무이며 추억의 나무다. 한해가 지나고 다시 봄이 오면 어김없이 가지마다 물이 오르고 새순을 또 피울 것이다. 구실잣밤나무는 상록수로써 쌍떡잎식물 참나뭇과로 우리나라 남부지방에 많이 서식한다. 암수 모두 꽃 피우며 작은 열매는 견과로 쓰인다. 오래도록 그 자리에서 수많은 추위와 천재지변에 당당했을까를 상상해 본다.

다시 눈길은 창문 밖으로 향했다. 함박눈을 처다보니 쌀쌀한 날씨에도 불구하고 포근하며 고즈넉하다. 오늘같이 자연의 신비로운 장관은 기후 변화에 따라 언제까지 이어질지 궁금할 뿐이다. 정오가 가까워지면서 하얀 융단 위에 자동차 바퀴와 신발 자국들이 더 선명하다.

그때도 오늘처럼 눈이 많이 내렸다. 눈을 몰고 불어오는 차가운 바람이 하염없이 창문을 두드린다. 나이가 듦인지 바람 소리에도 누군가가 그리워 그때로 돌아가고 싶은 마음에 살포시 눈을 감았다. 순수했던 내 어릴 때 추억이 새록새록 되살아난다.

동네 친구들과 종일 눈 위에서 뒹굴며 눈싸움하다가 나보다 큰 눈사람을 만들기도 했다. 당시는 모두가 나일론 양말이었는데 흠뻑 젖도록 놀면서도 추운 줄 몰랐다. 집에 돌아올 때쯤 되면 온몸이 사그라지게 추운 것을 느꼈다. 할머니께 호되게 야단맞아도 즐거웠다. 할머니의 잔소리는 그냥 흘러보냈다. 계절과 관계없이 동네 꼬맹이들이랑 마냥 뛰놀던 시절이었다. 요즘처럼 놀이기구가 변변치 않아 자연과 집 밖에서 뛰노는 시간이 많았다.

지나간 시간이 눈앞에 피어오른다. 어린 시절을 떠올리는 것은 그 시절에 대한 그리움이 많았기 때문이다. 지난 추억 속엔 항상 춥고 배고팠던 기억으로 가득찼지만, 어려운 가운데 서로가 다정했고 낭만의 추억이 서려 있다.

우리 마을은 해변과 가까운 곳이다. 그날도 눈이 무릎까지 쌓인 오후에 친구들과 신나게 눈싸움할 때였다. 한라산 중턱에 사는 노루를 평소에는 볼 수 없다. 그때 어디선가 두 마리의 노루가 나타났다. 너무나 신기해서 노루 곁으로 다가가자 멀리 달아났다. 뛰는 모습이 앙증맞고 귀여웠지만, 우리는 순수한 마음으로 노루와 함께 뛰놀고 싶었는데 당산봉 쪽으로 사라져 버렸다.

노루는 눈이 많이 와서 먹이를 구하러 우리 마을까지 왔을 것이다. 길을 잃어 당산봉에서 겨울을 보냈을 것으로 짐작된다. 내가 직접 보지는 못했지만, 동네 사람은 당산봉 기슭에서 노루를 간혹 목격했다고 말했다. 자기 구역을 벗어나 외딴곳에서 잠시 머물렀지 싶다.

함박눈이 종일 내리고 있다. 12월 중순 낮에 이렇게 눈이 내리는 일은 흔치 않다. 올겨울에는 좀 더 많은 눈을 볼 수 있을 것 같다. 눈은 계속 내리고 다시 은세계로 만들어 놓았다.

눈길에 오래 머무는 것은 내가 태어난 고향의 자연 풍경과 함께한 옛 추억이 그리움으로 아른거리기 때문이다. 내가 꿈꾸었던 순수했던 시간은 갈수록 변해가는 모습에 함박눈으로 뒤안길이 보인다. 삶이 고달프고 시대가 암담할수록 추억 속에서 힘을 얻는다.

반갑게 찾아온 함박눈이 마음을 포근하게 한다.

2
선

일그러진 표정은
흘러가는 구름에
떠나보내고
단풍잎 고운 모습으로

두 팔을 높이 올렸다.
우리는 이 선을 골인선
혹은 결승선이라 한다.
마지막으로 밟는 선일지도 모른다.
완주자의 목에 걸어주는 금빛 메달이
오늘따라 더욱 찬란하다.

꿈의 무대
마라토너의 꿈
선線
동경 도심을 누비다
베를린 하늘 아래
공짜는 없다
갯내음
청춘을 업고 달린다

보스턴 마라톤 참가. 뛰고있는 외국인과 함께

꿈의 무대

미국 보스턴을 향해 떠났다. 매년 4월 셋째 주 월요일, 애국자의 날이면 보스턴 마라톤대회가 열린다. 여기에 출전할 75명의 대한민국 마라톤 동호인과 동행이다. 보스턴대회에 출전하려고 몇 년을 준비한 일이 주마등처럼 스친다.

보스턴 대회장에 도착하는 순간부터 설렘이 물밀듯 몰려왔다. 그것은 세계 각국의 러너들과 출발을 기다리고 있기 때문이다. 세계 각국에서 온 다양한 인종은 같은 대회에 참가하여 피부색과 언어가 달랐다. 그들과 함께 태극기를 들어 인사하고 기념 촬영하다 보니 우리는 마라톤으로 친구가 되었다.

보스턴 하늘에 휘날리는 태극기를 보았다. 올림픽 금메달을 딴 김연아 선수가 관중 앞에서 흔들어대던 태극기의 모습이 연상되어 가슴 뭉클했다. 경기 시각이 다가오자 출발지점인 홉킨톤으로 이동하였다. 마치 전장에 출전하는 전사들처럼 4만 명의 선수들은 당당해 보였지만, 얼굴에도 긴장이 역력했다.

출발 버저음의 신호에 따라 A그룹이 먼저 출발하였다. 잠시후 나는 스톱워치를 누르고는 선수들 틈을 걷는 속도로 빠져나가기 시작했다. 보스턴 거리에는 숲이 많아서 건물과 자연이 어우러지니 마치 그림 같았다. 출발지점부터 내리막길로 이어졌다. 초반 질주하는 러너들은 나를 앞질러 갔다. 지난 중앙마라톤 대회에서 다리에 경련을 겪었기에 그런 분위기에 휩쓸리지 않았다.

마라토너라면 누구나 한 번쯤은 이 대회에 참여하고 싶은 꿈이 있다. 보스턴 마라톤대회는 개최한 이후 지금까지 코스와 개최일이 한 번도 변경 없이 113년간 이어져 오고 있다. 또한, 나이에 맞는 제한 시간 기록을 국내 지정된 대회에서 취득해야만 참가할 수가 있다. 이처럼 보스턴마라톤 대회는 여느 국제대회보다는 권위와 전통을 지키고 있는 대회이다. 나도 마라토너로서 꿈의 무대인 이 대회에 함께 뛴다는 것이 행운이었다.

지나가는 연도에는 많은 시민이 축제를 함께 즐긴다. 유치원생부터 어른까지 힘찬 응원을 하며 선수와 하나가 되었다. 오렌지와 초콜릿을 손에 들고 응원하는 어린이 모습이 귀엽다. 멀리서 들려오는 함성이 축제의 맛을 더했다.

코스는 힐러리 클린턴 여사가 졸업한 웰즐리 대학 앞을 지나갔다. 그 앞에는 이 학교에 재학하는 200여 명의 여대생이 열띤 응원을 하고 있었다. 그중에 'kiss me' 피켓을 든 여학생들에게 주자는 다가가서 볼에 키스를 한다. 나도 따라 했다. 이런 행동은 이곳의 오랜 전통이라고 했다.

나는 태극기 새긴 모자를 쓰고 태극기와 세계 자연유산 홍보물 그림을 가슴에 달고 뛰었다. 나를 보면서 "코리아"라고 외쳐주는 응원단을 만났을 때는 신이 났고 새로운 에너지가 몸 전체로 퍼져나갔다.

가슴이 뭉클하여 눈물이 고였다. 반갑고 고마운 마음에 그들 곁으로 다가가 자매를 안아주었다. 중간을 지나갈 때 한국 교포로 보이는 초등학생과 중학생 자매가 커다란 종이에 직접 그린 태극기를 들고 응원하고 있었다. 그 아이들과 헤어지면서도 순수한 마음과 아름다운 모습이 자꾸 머릿속에 그려지면서 힘이 났다.

매번 대회마다 완주하는 것에 뜻을 둔다. 대회의 의미와 분위기를 느끼면서 42.195km라는 먼 거리를 달리다 보면 속된 마음은 비워지고 배려와 긍정의 힘이 생긴다. 이 순간 건강하게 달릴 수 있는 것에 감사한다. 그 마음으로 뛰다 보면 마라톤이 즐겁고 자신도 모르는 사이에 완주까지 이어진다.

한참을 뛰다 보니 언덕 위에 어렵고 힘들다는 상심傷心의 32㎞ 지점이 보였다. 마라톤에서 말하는 한계 지점이다. 그곳에서부터 골인 선까지는 개인의 체력에 따라 차이가 있을 뿐 누구나 한두 번은 고통이 찾아온다. 언덕 위로 올랐을 때 나의 몸은 지쳐가지만, 내 발아래에 또 다른 세상이 펼쳐지고 있었다.

한계 지점을 통과하자 완주에 문제 없다는 생각이 들었다. 자신감이 생기며 마음도 편안해졌다. 이쯤부터는 마라톤도 육체로 하는 것이 아니라 영혼으로 한다는 생각이 오기를 깨운다. 영혼이 지친 육신을 이끌어주기 때문이다. 내가 골인하는 모습을 아내에게 처음 보여준다는 설렘에 힘이 솟았다. 신경손상으로 마라톤을 시작할 때 아내는 많은 걱정을 하였기에 더욱 그랬다. 실수하지 않으려고 얼마나 노력했던가. 태극기를 흔들며 파이팅을 외쳐줄 한국 응원단을 생각하니 발걸음이 가벼워졌다.

40km를 지나면서 많은 응원 관중의 우렁찬 함성이 더 가까이 들렸다. 앞선 주자들을 하나둘 추월하며 앞으로 나아가는 기분은 풀코스를 뛴 사람만이 느낄 수 있는 감동이다. 제105회 보스턴마라톤대회에서 우승한 이봉주 선수가 골인 직전의 모습처럼 직선으로 들어서자 우렁찬 함성에 심장은 힘차게 고동쳤다. 드디어 Sub-4(4시간 내 기록)를 달성하며 두 팔을 높이 올리며 꿈의 무대 보스턴

마라톤 대회 골인 선을 통과하였다.

아무나 참가할 수 없는 이런 큰 대회에서 완주한 내가 자랑스러웠다. 해냈다는 감격과 자긍심 때문인지 눈에는 눈물이 고이며 한참 그 자리를 떠나지 못했다

영광의 완주 메달을 내 목에 걸었다. 8년 전 이 자리에서 우리나라 선수가 우승한 것처럼 보스턴 마라톤대회의 1등을 내가 달성한 듯하다.

| 2017년 12월. 백록수필

마라토너의 꿈

새벽 4시. 숙소 앞에 자리한 조계사에서 들려오는 고즈넉한 목탁 소리에 잠이 깼다. 오늘은 국내 마라톤 메이저 대회인 동아마라톤대회에 참가하는 날이다. 천장을 바라보며 오늘의 레이스를 그려보기도 하고 조용히 들려오는 목탁 소리 숫자를 세어보기도 한다. 법고에 이어 목어를 치고 범종 소리가 사방으로 울려 퍼지며 새벽이 열리고 있다.

매번 대회마다 설레기는 마찬가지다. 잠을 제대로 잘 수 없음은 사람들의 공통된 느낌일 것이다. 여명 속에서 차가울 정도로 쌀쌀한 기온이 온몸으로 느껴졌다. 이른 아침식사를 하고 숙소로 돌아와 출병을 준비하는 비장한 병사들처럼 이것저것 많은 물품들을 챙겼다. 어제저녁에 붙였던 테이핑 보수 작업을 끝으로 모든 준비를 마치고 인근 대회장으로 하나둘 이동하였다.

전국의 마라토너들은 의병처럼 광장에 모여들었다. 콩콩거리는 마음을 안고 같은 마니아들과 출발시간을 기다리며 모두가 뛰고 걸으면서 몸을 풀었다.

2008서울 국제마라톤대회 겸 제79회 동아마라톤대회가 시작되었다. 이봉주 선수 등 엘리트 선수들은 8시 정각에 오색 축포와 동시에 출발하였다. 참가자가 자그마치 2만5천여 명에 이르렀다. 5분 후에 마스터스부문 A그룹이 먼저 출발하였고 C그룹에 속한 나는 쌀쌀한 기온 속에서도 짧은 어깨 유니폼과 운동팬츠 차림으로 대열에 섰다.

무수한 발자국이 대지에 찍어대는 듯 쿵쿵거리며 질주했다. 모퉁이를 돌아설 때마다 찌를 듯한 아침햇살이 우리를 맞아 준다. 몇 번 메이저 대회에 참가해 보았지만, 이렇게 많은 사람과 함께 달리려니 부담이 컸다. 서울 한복판을 가로지르는 대회라 가슴이 벅찼다.

지난해 가을 중앙마라톤대회 때 초반 오버페이스로 다리에 경련이 생겨 고생했었다. 이번에는 초반부터 오버 하지 말자고 몇 번이나 다짐하면서 그룹 제일 후미에 속해 뛰기 시작했다. 시청을 지나고 가림막으로 가려진 숭례문 옆을 지날 때 길게 꼬리를 물고 돌아가는 모습이 역동적이다.

어떤 사람은 마라톤을 하면 세상이 달라 보인다고 했다. 나 역시 그렇게 생각한다. 뛰어보지 아니한 사람은 그 맛을 모른다. 지금까지 동아마라톤대회를 기피한 일은 손시림 때문에 겨울철 동계훈련에 참여할 수 없어서였다. 이 대회에 나가면 춘천마라톤대회에 두 번을 포함하여 국내 메이저 대회를 완주하는 셈이다.

몇 년 전에 큰 수술을 하면서 신경 손상을 입어 왼손에 장애가 왔다. 추워지기 시작하면 야외활동에 지장을 준다. 이 대회에 참석하려고 지난겨울부터 회원들과 함께 훈련했다.

을지로 반환점을 돌아 청계천 중간 지점을 지났다. 10㎞ 지점 구간 체크 매트에서 삐 ~익 하는 버저음이 기분 좋게 울렸다. 53분으로 좋은 페이스였다. 앞쪽에 페이싱들이 달고 뛰는 노란 풍선 2개가 보였다. 저 풍선을 따라 마지막까지 페이스를 조절하며 뛰기로 마음을 정하고 따라붙었다. 어렵지 않게 합류할 수가 있었다. 날씨가 좋아서인지 기분도 좋고 페이스도 알맞게 느껴졌다.

서울 한복판에서 울려주는 풍악 소리에 힘이 더 보태졌다. 응원해 주는 사람들과 걸궁 팀들이 힘차게 응원하고 있다. 멀리서 우렁찬 함성도 들려온다. 춘천마라톤에서도 터널을 지날 때는 러너 모두가 함성을 지르는데 그 소리가 메아리 되어 돌아왔다. 다른 대회보다 참여자 수가 많은 큰 대회라는 느낌 때문인지 뿌듯한 느낌이 들었다.

천호대교 앞을 지났다. 직선거리인 잠실대교를 달릴 때는 힘이 모자라기도 하였다. 이 지점부터가 마라톤 마의 코스다. 왜 이렇게 힘든 마라톤을 시작했는지 후회도 해 본다. 누구와의 경쟁이 아니라 자신과 싸움이다. 마라토너들은 체력의 한계를 느끼며 포기하고 싶은 마음이 여러 번 찾아오는 곳이다. 끈기와 인내가 필요하며 보통 사람들은 엄두도 못 낼 풀코스를 뛸 수 있다는 자긍심도 느낀다.

끝까지 달릴 수 있게 도와주는 두 다리가 참 고맙다. 힘차게 고동치며 뛰어주는 심장이 있어 감사하게 느껴졌다. 42,195m를 4시간 가까이 달리면서 많은 생각이 떠오르고 사라졌으나 그 순간 힘을 얻는다. 그 힘든 거리를 포기하지 않고 발끝에서 심장 그리고 머리끝까지 온몸으로 느끼며 달릴 수 있는 행복감은 달려본 사람만이 느끼는 스릴이다.

잠실 종합운동장역을 지나자 직선에 주 경기장 모습이 보였다. 가족 및 각 동호회에서 응원하는 수가 많아졌고 골인 지점이 가까워 지자 그 수가 더욱 많아 보였다. 기쁨과 희열이 느껴지는 시간. 박수를 받으며 주 경기장 빨간 트랙에 접어들었다. 내 이름을 불러줄 사람은 없었지만 골인지점을 향해 힘을 더해 질주했다.

두 팔을 올리며 골인 매트를 힘차게 밟았다. 감격스러웠다. 내가 꼭 일등을 한 기분이었다. 내 실력으로는 4시간 안에 결승선을 밟기가 힘들다. 꾸준한 연습량이 있어야 시간 단축을 할 수 있다. 오늘은 Sub-4(3시간 49분 1초)라는 기록을 이루었다. 천천히 발걸음을 옮기는 내 모습이 자랑스럽게 느껴졌다. 마라톤을 하면 완주 후에 몰려오는 피곤함보다 잔잔하게 느껴지는 희열에 서서히 중독되고 있는지도 모른다.

나는 왜 마라톤 완주의 꿈을 버리지 못하는 것일까. 겉으로는 왼손에 찾아온 육체적 장애를 극복하기 위해서였으나 지금은 아니다. 그보다는 점점 약해져 가는 내 정신과 영혼과의 싸움이다. 내 정신을 채찍질하고 영혼의 빈구석을 채우기 위해서 뛰고 싶을 뿐이다.

| 2016년 12월. 백록수필

선線

유유히 흐르는 강을 따라 먼 길을 나선다. 누구나 쉽게 갈 수 있는 길이 아니다. 붉게 물든 단풍과 맑은 호수가 어우러진 풍경에 마음이 풍요롭다. 황금빛 단풍이 곱게 얼비치는 의암호를 바라본다.

마라톤 출발 지점에 서면 가슴이 설렌다. 선線에서 출발하여 선에서 끝나는 경기이다. 출전자의 얼굴에는 긴장감과 비장한 각오가 서려 있다. 같은 시기에 같은 거리를 뛰는데도 매번 다른 느낌으로 다가온다. 단풍빛으로 곱게 물든 거리에 다양한 색깔의 유니폼을 입은 주자들 모습이 생기 넘친다. 건강한 눈빛과 정직한 모습과 꾸

밈없는 얼굴은 사람의 마음을 편하게 해준다.

출발을 알리는 총소리가 울린다. 앞 사람을 따라 자연스럽게 나아간다. 어제처럼 뛸 수 있으면 좋겠지만, 똑 같은 신체 여건이 아니다. 한 해 한 해 몸 상태가 달라지는 것을 느껴진다. 어찌하여 나는 이 머나먼 길을 달리고 있을까. 선뜻 대답이 나오지 않는다.

선은 지키라는 기호다. 선이 그어지면 넘어가지 말라는 경계이고 규칙을 위반하면 처벌받게 된다는 고지이다. 흔히 선을 넘었다 함은 부정적인 이미지를 떠올리게 한다. 사회생활을 하며 지켜야 할 선이 많은데 그 선을 넘은 사람을 일컫는 말이다. 사람과 사람 사이에도 넘지 말아야 하는 선이 있다.

마라톤의 세계는 선을 넘어야 한다. 선을 통과해야만 목표를 이룬다. 구간 구간에 설치해 기록하는 선을 밟지 않으면 그날의 기록은 무효가 된다. 도로 가운데 노랗게 그은 선은 자동차가 상행 하행으로 넘어가지 말라는 표시이지만, 마라토너에게는 마음대로 넘나들 수 있는 특권을 준다.

지금까지 달려온 시간 동안 선을 밟으며 땅에 쏟은 땀방울 수가 얼마나 될까. 추우면 추운 대로 더우면 더운 대로 상황을 극복하며 의지를 불태웠다. 건강을 지키기 위해 마라톤을 시작했는데 알찬 열매가 맺혔다. 이제 그 청춘도 세월의 흐름을 막을 수 없으므로 순응해야 한다. 지금까지 큰 부상 없이 뛸 수 있도록 도와준 심장과 두 다리가 고맙다. 그간 욕심을 부리지 않았던 것이 추억으로 남고 있다.

코로나 팬데믹으로 삼 년 가까이 마라톤대회를 열지 못했다. 코로나 사태가 완화되면서 스포츠 행사가 재개되어 반가웠다. 2022년 10월 말경에 춘천 마라톤대회가 개최된다는 소식을 접하게 되었다. 대회가 없다 보니 훈련도 하지 못한 상태다. 대회에 출전하기 위하여 오래간만에 동호회원과 장거리 훈련에 참여하였다.

대회 당일은 날씨가 좋았다. 대체로 구름이 끼고 바람도 알맞게 불어 주었다. 춘천 공지천에 모인 인파로 가을 물결을 이루었다. 3년 만에 재개된 대회이다 보니 모두가 긴장되고 설레기는 마찬가지였다. 설렘이 심장을 더 섧게 만들고 있는지 모른다. 옆 사람의 심장 소리가 들리는 듯하다. 나이와 성별에 관계없이 달리고 싶어 하는 모두에게 공평하게 주어진 경기이다.

출발선을 벗어나면 5km까지는 완만한 경사다. 초반이라 사람 물결이 힘차다. 2km 지점에서 뜻하지 않은 복병을 마주하게 되었다. 대회를 일주일 앞두고 수목원에서 마지막 훈련하던 날이었다. 왼쪽 종아리 근육에 통증 증세가 있었는데 초반 오르막길에서 다시 일어났다. 끝까지 뛸 수 있을까 걱정이 앞섰다.

내심 이번 대회가 나에게 마지막 풀코스 대회라 생각하며 도전하였다. 건강하고 부상이 없을 때 마무리하는 것이 보람으로 남을 수 있다고 여겼다. 그러기에 꼭 완주하고 싶다는 의욕이 컸다. 근육 이상으로 제대로 뛸 수는 없었지만, 이를 이겨내야 한다는 정신력은 더욱 불타올랐다. 출발선을 벗어나면 골인 선까지 누구의 도움 없이 자신의 힘으로 체력과 훈련량에 맞춰 들어가야 한다. 지금까지 뛰면서 중도에 포기한 일 없이 모두 완주하였다.

어떻게 해서라도 가야 한다. 초반이어서 남아 있는 거리가 상당하다. 유유히 흐르는 의암호 강물이 주자들을 따라 흐르며 응원을 보낸다. 붉은 옷으로 곱게 단장한 삼악산의 단풍도 내려와 함께 달린다. 아스팔트 위에서 마지막 생을 보내고 있는 노란 은행잎은 많은 발길에 차이면서도 웃고 있다.

마라톤은 누구와의 경쟁이 아니라 자신과 싸움이다. 앞서가는 사람을 부러워할 필요가 없는 운동이다. 그동안 뛰면서 수없이 맞이한 고통과 괴로움이 있었다. 골인 지점이 보이기 시작하면 느껴지는 환희와 성취감이 오늘을 있게 했는지 모른다. 그러한 것들이 다시 무대에 서게 이끌었다. 마라톤은 마치는 날까지 건강을 지켜주는 파수꾼이 될지 싶다. 몸을 위해서 달리지만 결국 마음도 든든하게 해 주는 것이 마라톤이다.

그렇게 뛰어야만 하는 이유를 지금도 알 수 없다. 살다 보니 즐거운 시간보다 힘들고 고통스러운 시간이 더 많았다. 왜 그렇게 힘든 길을 마다하지 않고 달리느냐고 물으면 대답할 수가 없다. 그렇다고 아무런 생각 없이 무작정 뛰기만 하는 것도 아니다. 107리가 넘는 길을 뛰다 보면 많은 긍정적인 생각이 머리를 채운다. 종심을 바라보는 세월까지 만났던 좋은 생각과 고마운 마음을 길 위에 펼쳐 놓으면 그 맛이 여간 아니다. 복잡하게 얽힌 사회생활을 하면서 지켜야 할 선을 제대로 지키고 있는지 뒤돌아보는 시간이 된다. 나름대로 기준을 정해 놓고 그 선을 지키려고 부단히 노력하고 있다.

평지보다 굴곡진 산길을 걸어온 삶이었다. 이곳까지 달려온 인생길에서 넘나든 세월을 되돌아본다. 어려움이 닥칠 때마다 스스로 극복하고 헤쳐 나가며 꿋꿋하게 성장한 지난날이 있기에 지금은 든든한 뿌리가 되었다. 소소한 태풍에도 흔들리지 않는 나무는 곱게 물들어 가고 있다. 힘든 과정을 겪어 보아야 값진 삶이 된다. 오늘 맞이한 고통을 끝까지 이겨냈기에 진한 추억을 선 위에 뿌려 놓았다. 이 나이까지 큰 고장 없이 달릴 수 있음은 축복이다.

경기에 임하여 마지막으로 밟는 선일 지 모른다. 우리는 이 선을 골인선 혹은 결승선이라 한다. 일그러진 표정은 흘러가는 구름에 떠나보내고 단풍잎 고운 모습으로 두 팔을 높이 올렸다.

완주자의 목에 걸어주는 금빛 메달이 오늘따라 더욱 찬란하다.

| 2024년. 9월호. 수필과비평

동경 도심을 누비다

여느 때보다 단단하게 마음을 다진다. 쌀쌀한 기온이 살갗에 달라붙어 있는 2월 하순이다. 벚나무가 꽃망울을 맺기까지는 한 달 남짓 시간이 필요하다. 가깝고도 먼 이웃, 동경으로 떠난다.

인천공항을 출발한 비행기는 두 시간여 만에 나리타공항에 도착했다. 입국심사를 마친 후 동경 시내로 향했다. 내일 동경 주요 도로를 달리게 될 코스를 돌아보는 시간을 마련했다. 미리 거리를 눈에 담아 두었다.

신주쿠 도청 전망대에 올랐다. 지상 45층의 전망대는 인간과 환경의 도시라는 공간에서 조화롭게 살아갈 수 있음을 보여준다. 녹음과 수풀이 거대한 빌딩 숲과 어우러져 있다.

과거와 현재가 공존하는 도시의 모습에서 일본의 古都를 느낄 수 있었다. 동경 도청은 중세 유럽풍의 양식을 그대로 살려서인지 뛰어난 예술품으로 인정받고 있다. 노을빛이 도시를 덮고 빌딩 숲을 황금빛으로 색칠한다.

메이저대회인 2015 도쿄 마라톤 대회 일이다. 주자들은 나름의 복장으로 도청 앞 광장으로 향한다. 며칠 전부터 찾아온 반갑지 않은 감기 기운과 대회를 앞두고 연습 부족 때문에 걱정이 앞선다. 집 떠나면 언제나 함께하는 잠 문제까지 불안감이 가중된다. 출발을 기다리는 두 시간 내내 가슴이 콩닥거렸다.

기다리는 동안 잠깐 비가 내렸을 뿐, 구름만 잔뜩 낀 날씨여서 달리기에는 좋은 일기다. 36,000명의 인원은 적은 숫자가 아니다. 이 대회에 참가하게 된 것은 어려운 여건을 해결하여 얻은 영광의 자리다. 일본인도 자국에서 치러지는 대회지만 참가 경쟁이 치열하다. 신청하고난 후, 삼사 년은 족히 기다려야 겨우 행운을 얻을 수 있다. 동양에서는 최고로 꼽는 대회이다.

세계 6대 메이저 대회는 보스턴 · 런던 · 베를린 · 시카고 · 뉴욕 · 도쿄 마라톤이다. 2007년에 시작한 도쿄 마라톤은 2013년에 메이저 대회 반열에 올랐다. 메이저 기준은 참여 인원, 원활한 운영 방식, 세계적인 엘리트 선수 참여 등 여러 가지 조건이 충족 돼야 한다.

제일 늦게 등록되었지만, 앞선 개최지의 장점을 모두 가미하여 최고의 대회를 목표로 하고 있다. 그들은 준법정신을 잘 지키며 순조롭게 진행하는 모습이 인상적이었다. 솔선수범하는 봉사자들의 모습도 아름다웠다.

몸이 허락하지 않는데 마음만 앞서가면 실패의 길을 걷게 된다. 일단 출발선을 벗어나면 모든 잡념은 사라지고 긍정적인 생각으로 머리를 채워준다. 조금 불편한 컨디션은 구름과 함께 날아가 버린다. 초반에 무리하지 않고 5km 지점까지 천천히 뛰면서 몸이 적응하도록 호응해 주는 편이다.

6km 지점이 숙소인데 멀리서 태극기 휘날리는 모습이 보였다. 가족 일행이 응원해 주고 있다. 반가운 마음에 힘이 솟았다. 어느 나라 국기보다 선명하여 우선 눈에 들어왔다. 특히 외국에 나와서 달리다 보면 코스에서 태극기를 흔들며 응원해 주는 모습을 본다. 순간 가슴에 묵직한 무게감을 더한다. 찐한 애국심에 가슴이 뭉클해진다.

22km 지점에서 예기치 못한 상황이 벌어졌다. 그 번화한 동경 한복판 인도人道에 '고한철'이라는 이름의 플래카드가 눈에 들어왔다. 어제저녁 호텔에 찾아온 누나 내외가 어느 지점에 있겠다는 말은 들었지만, 지인들과 함께 열심히 응원하고 있는 줄 몰랐다. 울컥해지며 눈물이 고였다. 감동적이었고 영원히 머릿속에서 사라지지

않을 추억으로 남을지 싶다. 진한 혈육의 정을 느끼며 헤쳐 온 삶의 사연들을 거리에 나열해 본다. 이러한 힘도 삶의 한 영역으로 치유하며 달리다 보니 건강이 손을 잡아준다.

마라톤만큼 정직한 운동은 없다. 앞으로도 갈 길이 멀다. 풀코스는 만만치 않은 거리다. 대회를 앞두고 연습 없이 도전은 무리다. 신체에 가해진 억지가 다리에 경련으로 찾아왔다. 춥다고 제대로 연습을 못 한 것에 대한 죗값을 받고 있다. 본인이 자초한 결과다. 출발하고 나면 골인 지점까지 누구의 도움 없이 자기의 발로 골인 선을 밟아야 한다.

중도에 포기하면 낙오자가 된다. 인생도 연습 한번 없이 걸어 보지 않은 길과 삶을 개척해 나가고 있다. 모신 비바람과 쏙풍을 견디며 다져진 땅이 단단한 기반을 만들어 준다. 그 어려운 고비를 극복하여 골인 선에 섰을 때, 느껴지는 성취감은 무엇과 비교할 수 없을 정도로 희열을 느낀다. 그 맛에 빠져 있는지도 모른다. 전에 없이 두 차례나 경련이 일었다. 천천히 걷고 뛰기를 반복했다. 옆에서 뛰는 주자들도 모두 힘든 모습이다. 정신력이 필요한 시간이다. 힘들어하는 영혼을 깨운다. 더욱이 일본 땅이어서 주저앉거나 포기할 수 없다는 오기가 무뎌져 가는 걸음에 채찍을 가한다.

왜, 이 힘든 마라톤에 미련을 버리지 못하는 것일까. 오래전부터 가족의 애정 어린 충고는 귀 넘어 듣고 이순을 넘긴 지금까지 뛰고 있다. 뭔지 모르게 뛰고 나면 힘이 솟는 것 같은 에너지가 만들어진다. 중간에 심한 우울증 극복도 마라톤을 완주하면서 키운 인내력과 정신력이 일으켜 세웠다. 신은 인간에게 참을 수 있을 만큼만 고통 준다고 했다. 고통 뒤에 오는 쾌감을 찾으려는지 모른다. 힘든 상황을 겪으며 사람을 더 성숙하게 만들어 주는 것이 아닐까.

멀리서 함성이 요란하다. 골인 지점이 가까워졌다는 신호다. 지금까지의 굳은 표정과는 달리 웃음이 번지는 얼굴로 만들어진다. 승리의 언덕에 올랐다. 두 손을 높이 들며 크게 소리쳤다. 동경을 점령한 전리품 중 하나다. 무대 뒤로 걸어가는 걸음걸이는 엉성하지만, 개선장군처럼 앞을 주시하며 팔을 힘차게 흔드는 모습이 자랑스럽다.

베를린 하늘 아래

가슴이 뛴다. 오래전부터 머릿속에 그려두었던 마라톤대회에 참여하기 위해 독일로 떠났다. 메이저 대회로 유럽을 대표함은 물론, 독일의 자존심이기도 하다.

다녀오는 일정이 십여 일이나 소요되어 참가 결정도 여러 번 망설였다. 마침, 퇴직 1년을 앞두고 공로 연수에 접어들어 준비하였다. 가고 싶은 곳이라고 모두 갈 수 있으면 얼마나 좋으련마는 그럴 수 없음이 우리의 일상이다. 어느 정도 여건이 마련되자 닻을 올렸다.

베를린 하면, 높고 견고했던 장벽의 허물어지는 모습이 떠오른다. 현장을 돌아보는 내내 가슴 뭉클했다. 유일한 분단국가의 한 사람으로서 느껴지는 의미가 컸다. 하루속히 분단의 벽을 넘어 서로 잘살아 갔으면 하는 마음이 있다.

나는 완치가 되지 않는 신경 장애를 갖게 되었다. 이를 극복하기 위해 마라톤을 시작했다. 담당 교수는 시간이 갈수록 더 심해지지 않으려면 꾸준히 노력해야 한다고 했다. 누가 대신해 줄 수 없는 것이 자신의 건강이다. 남들보다 더 신경 써야 하기에 힘든 마라톤으로 정신을 가다듬고 있는지 모른다.

풀코스를 뛰어 본 사람만이 간직하는 무게가 있다. 그 무게가 나를 지켜준다고 생각한다. 지금은 정신적인 믿음이 되고 있다. 출발하기 보름 전쯤, 친구들과 저녁을 함께하는 자리에서다. 왜 힘들게 멀리까지 가면서 고생하느냐고 걱정해 주는 뜻이었다. 이제 나이가 들었으니 그만하라고 한다. 그들은 모른다. 내 생각이 좀 부족해서 미친 짓을 하고 있는지 모르지만, 마음속으로는 행복했다. 사람마다 살아가면서 어떤 믿음을 갖는다고 본다.

올해 2월에 동경 마라톤에 참여하였는데, 지난겨울에 연습이 제대로 되지 않아 무척 힘들었다. 여러 차례 완주하면서도 그렇게 힘든 것은 연습 부족 때문이다. 충분한 연습 없이 무사히 완주하겠다는 것은 욕심이라는 것을 일깨워 주었다. 베를린대회 참가를 앞두고는 장거리 연습도 몇 번 했고 개인 연습도 하며 하나하나 준비해 나갔다. 먼 곳까지 와서 완주를 못 한다면 마라톤 인생에 오점을 남기게 될 테니까.

대회 날, 날씨도 좋고 뛰기에 적당한 기온이었다. 숙소에서 멀지 않은 대회장까지 걸어서 이동하니 몸이 가볍다. 주자들은 각양각색의 복장을 하고 대회장으로 모여든다. 많은 인원이라 그룹별로 지정된 장소로 분산되어 출발 시각을 기다렸다. 초조하고 긴장되는 시간이다. 조금씩 물을 마시며 뛰기도 하고 걸으면서 오늘 계획을 머릿속에 그려 본다. 오래된 공원임을 자랑하듯 커다란 나무들과 잘 가꾸어진 모습이 공원의 품격을 보여준다.

드디어 제42회 베를린마라톤대회가 시작되었다. 엘리트 그룹 선수가 먼저 출발하였고 나는 후미 그룹에 배정받았다. 초반은 모두가 긴장된 모습이다. 나는 초반 5km까지는 천천히 뛰어 어느 정도 몸이 적응되면 그 시간대로 쭉 뛰어간다. 초반 페이스가 좋게 느껴졌다. 시내 도로 양옆에는 오래된 가로수가 우리의 모습을 지켜보았고 인도에도 응원해 주는 사람들이 많아 기분이 좋았다.

6km 지점은 우리가 머무는 숙소였다. 함께한 가족들이 태극기를 흔들며 응원하고 있다. 여러 나라 국기가 게양된 경우에도 태극기가 선명하게 보이는 것은 애국심 때문인지 더욱더 돋보였다. 푸른 하늘 아래서 휘날리는 태극기를 보면 가슴이 뭉클해진다.

2009년 보스턴 마라톤대회 때도 교포 자매가 종이에 손수 그린 태극기를 들고 응원하는 모습에 눈물이 울컥하였다. 얼마나 정성스럽게 그렸는지 자연스레 솟구치는 감정을 억제할 수가 없었다. 가까이

가서 한 번씩 안아주었다. 외국에서 마라토너가 뛰는 도로에서 태극기를 흔들며 응원하는 모습은 한민족의 핏줄임을 느끼게 해 준다.

어깨가 들썩였다. 한참을 뛰어가고 있는데도 휘날리는 태극기가 머릿속에서 사라지지 않았다. 그런 힘이 온몸에 퍼지면 에너지가 되어 뛰는데 활력을 불어넣게 된다. 좋은 느낌이 들게 해 준다. 무사히 완주할 수 있다는 자신감이 생긴다. 일행 모두는 앞뒤로 태극 문양이 그려진 유니폼을 입고 달렸다. 먼 길도 한 걸음부터 시작된다. 골인 지점까지는 결코 짧은 거리가 아니다. 힘들지만 육십이 넘은 나이에 완주할 수 있음은 축복이다.

코스가 전반적으로 평지여서 뛰는데 큰 부담이 없다. 동경 대회보다 몸 상태도 양호하다. 지금 달리고 있는 속도로 계속 달릴 수 있어 기분이 좋다. 접근성이 좋은 유럽이라 많은 나라에서 마라토너들이 참가하였다. 품격 있는 메이저 대회에 참가할 수 있어서 보람이고 영광이다. 목표 하나를 달성하는 날이다. 대회 기록이 목표가 아니라 완주의 기쁨을 얻고자 함이다. 그냥 달릴 수 있는 것 자체를 즐긴다.

1936년 베를린 올림픽 마라토너 손기정 선생을 떠올려 본다. 일제 식민지 강점기에 올림픽 신기록을 세우며 1위로 골인하였다. 가난한 집안에서 태어나 고생을 하면서도 끈기와 불굴의 정신이 세계적인 영웅을 만들었다. 요즘처럼 체계적인 훈련기법도 제대로 된 식이요법도 없었을 것이다. 시상대에선 가슴에 새겨진 일장기를 꽂다 발로 가린 채 고개를 숙이며 침울해했다. 나라 잃은 설움이 그려졌다. 애국심과 정신력의 열기가 지금까지 베를린 거리를 누비다가 내게 전달되었다. 그 힘이 느껴졌다.

30km를 넘어서며 힘들기 시작했다. 대부분 사람에게 찾아오는 한계점으로 이기고 나가야 하는 과정이다. 신은 인간이 이겨낼 수 있는 만큼만 고통을 준다고 한다. 고통을 이겨내면 그것에 비례하여 정복의 희열을 맛본다. 이쯤부터 심장 뛰는 소리가 더욱더 세차게 들린다. 오늘도 튼튼한 두 다리와 힘차게 뛰어준 심장이 고맙다. 완주의 기쁨에 두 손을 높이 들고 브란덴부르크문(통합·희망·평화의 상징)을 힘껏 밟았다. 군중의 함성 소리에 내가슴이 터질 것 같다.

세상을 모두 얻은 기분이다. 인생도 이와 마찬가지라고 생각한다. 준비한 만큼 결과를 안겨 준다는 것을 다시 한번 느낀 시간이었다. 청명한 베를린 하늘 아래에서 함성이 울려 퍼지는 거리를 서서히 걸어가는 내 모습이 자랑스럽다. 오늘따라 목에 건 완주 메달이 커 보였다.

베를린 대회를 완주함으로써 2009년 세계 최고의 권위를 자랑하는 보스턴, 2015년 2월에 아시아를 대표하는 동경 마라톤까지 3대륙 대회를 완주했다. 건강 때문에 시작했던 일이 내 인생에 보람찬 메달이다. 환희의 눈물이 흐른다. 가을 하늘이 파랗다.

| 2020년 제6호. 제주수필과 비평

공짜는 없다

2017년 서울 국제 동아마라톤대회가 열리는 날이다. 매년 3월 셋째 주 일요일에 개최된다. 이번 대회에도 여느 때와 마찬가지로 참가 마라토너가 2만여 명, 응원 나온 인파까지 합하면 3만 명은 족히 넘어 보인다. 광화문 광장이 떠들썩하다.

대회 출전할 때마다 느끼는 설렘은 언제나 마찬가지여서 잠을 설쳤다. 새벽 5시부터 출전 준비에 들어갔다. 근육경련의 원인은 수분과 관련되어 있어 예방을 위해 물을 충분히 마셨다. 이번 대회를 준비하려고 겨울철 훈련도 잘 마무리했다.

가을철에 개최되는 대회에는 봄과 여름에 간간이 훈련해도 되는

데 봄에 열리는 대회는 추운 겨울에 이삼 개월은 연습해야 한다. 나는 손시림 장애가 있어 여태 참가를 미뤄오다가 과감히 도전장을 내밀었다. 지금까지 참가한 대회는 20번이 넘었을 정도로 완주했지만, 나이가 들어가니 출발선에 들어서는 자체도 두렵다.

마라톤은 정직한 운동이다. 제대로 연습 없이 완주하겠다는 것은 욕심이다. 엘리트 선수들은 매일 같이 훈련하지만, 우리 같은 아마추어는 어느 정도의 연습만으로도 완주한다. 다른 종목과는 달리 마라톤은 행운도 따르지 않고 흘린 땀방울에 비례하여 결과가 분명하다. 그러기에 공짜로 얻는 것이 아니라 길바닥에 쏟은 땀방울이 이를 증명한다.

많은 사람의 응원을 받으며 물설고 낯설은 서울 한복판을 가로지르며 달린다. 어느 마라토너는 "달리면 몸과 마음에 쌓인 찌꺼기가 비워진다"라고 했다. 비워야 채워지듯 달리고 나면 에너지가 충만해진다. 이 순간이 그동안 채우고 채웠던 찌꺼기를 비우고 신선함을 채우는 시간이 된다.

주말 아침이다. 지난겨울부터 동호회원들과 유종의 미를 거두기 위해 연습에 참여했다. 따뜻하다는 세주지만, 이른 시간 기온은 4~5℃ 정도에도 손발이 차가웠다. 손을 보호하기 위해 보온장갑으로 감싼다. 싸늘한 바람이 피부를 스치면 정신마저 또렷해진다. 세차게 바람이 부는 날은 더욱 매섭다.

마라톤대회가 열리는 날이다. 아침 공기는 쌀쌀하다가 시간이 지나며 점차 기온이 올랐다. 구름도 알맞게 끼어 달리기에는 좋은 날씨였다. 그룹별로 지정된 장소에서 출발을 초조한 마음으로 기다렸다. 8시에 축포가 터지자, 엘리트 선수들이 먼저 출발했다. 아마추어 A그룹에 이어 D그룹이 출발하는 후미에서 나는 첫 발걸음을 떼었다.

겨울에 연습할 때 생긴 종아리 쪽 근육 이상 증세가 신경쓰였다. 무리하지 않고 천천히 뛰면서 완주하는 것만이 최상이라 생각하고 광화문 광장을 출발했다. 서울 국제 동아마라톤대회는 청계천을 돌아 천호대교와 잠실대교를 통과하여 잠실종합운동장에 골인하는 코스이다. 초반 10km까지 페이스가 전체를 좌우한다. 무리하지 않고 어느 정도 달리자, 몸이 풀렸다. 홍인문 지점, 커브 길에서 뒤를 돌아보니 백만대군의 진군처럼 지축을 울리며 길게 늘어진 무리가 역동적이었다.

기분은 어느 대회에서보다 더 긍지와 보람을 느낀다. 서울이라는 상징성과 차량을 전부 통제한 가운데 우리나라 심장부 한가운데를 많은 시민의 응원을 받으며 달리고 있다. 모두가 힘들다고 여기는 30km 지점에 이르렀을 때 무리에서 이탈하여 잠시나마 스트레칭으로 쌓였던 피로를 풀었다. 오래전부터 부상 없이 오래도록 달리기 위해 기록을 단축하는 것보다 완주를 목표로 천천히 시간을 늦추면서 뛰고 있다.

38km 지점인 잠실대교를 지날 때였다. 신체의 에너지가 거의 고 갈된 상태에 이르렀다. 어떻게 뛰고 있는지 모를 정도로 정신과 신 체가 각각 분리된 느낌이었다. 몸은 본능적으로 알아서 움직였다. 발걸음은 천근만근이고 머릿속은 번뇌 망상으로 가득하지만, 영혼 이 따뜻하게 손잡고 함께 힘을 보탰다.

모든 일에는 시작과 끝이 있다. 힘든 고비를 넘기고 결승선이 눈 앞에 있다는 사실에 마지막 안간힘을 다한다. 잠실 운동장이 가까 워질수록 응원 인파는 넘쳐났다. 멀리 보이는 운동장 지붕이 눈에 들어올 시점부터 각 단체에서 나온 꽹과리 응원단 소리는 정신이 번 쩍들게 한다. 그 응원에 힘입어 마지막 힘을 다했다.

잠실 운동장 안으로 접어들자 빨간 트랙이 버선발로 나와 나를 반갑게 반긴다. 내가 마치 일등이나 한 것처럼 한두 명씩 제치고 앞 으로 나아가는 기분에 황홀감이 더한다.

마침내 길고 긴 터널의 끝에서 두 손을 높이 들었다. 흐르던 구 름도 잠시 걸음을 멈추고 나를 내려다본다. 하늘 아래 모든 세상이 내 것 같았다. 완주의 기록보다는 지금처럼 뛸 수 있음에 위로받는 다. 고통에 대한 대가라기보다 고통을 이겨내는 과정이 아름답다. 언제부터인가 힘든 과정을 이겨내면 희열을 맛볼 수 있기에 고통의 시간을 즐기고 있는지 모른다.

우리네 인생도 마라톤이다. 한 번 출발하면 골인 지점까지 가는 길은 자신의 의지와 발뿐이다. 인생에 있어서 고통과 시련을 겪은 여정은 결실이 더 아름답다. 마라톤 완주는 의지와 정신력의 승리이다.

또 다시 내일을 향해 달릴 준비를 한다.

| 2023년. 제9호. 제주수필과 비평

갯내음

파도 소리를 먹는다. 오월의 아침은 상쾌하다. 운동하기 위해 편안한 옷차림으로 대문을 나선다. 달리는 걸음마다 파란 물결이 일렁인다. 자주 찾는 용담 해안도로에 도착하였다. 파도가 밤새 바위에 부서지며 만들어낸 짭조름한 바다 향이 코끝으로 파고든다. 몸에 익숙한 냄새여서 싫지 않다.

한 시간 반 정도 해안도로를 따라 달렸다. 운동하는 사람을 마주하면 내가 먼저 큰소리로 인사를 건넨다. "안녕하세요!"라고 들려오는 목소리가 힘차다. 그런 사람들을 만나면 초면일지라도 친구처럼 느껴지고 몇 번을 만나면 가족같이 정겹다.

한참을 달려 이호 수원지 담벼락을 끼고 돌 때였다. 관광객으로 보이는 세 사람이 돌을 옮기며 해산물을 잡고 있다. 별다른 도구도 없이 산책을 나왔다가 무작정 갯가로 들어가 추억거리를 만들고 있는 듯하다. 잠시 멈춰 서자, 비릿한 냄새가 물씬 주위를 감싼다.

우리 마을 바닷가는 날카롭고 거친 바위로 이루어졌다. 주말이나 여름방학이면 또래 친구들과 해산물을 채취하며 놀던 놀이터였다. 식량이 턱없이 모자랐던 시절, 친구들과 큰 돌을 옮기며 소라와 고동·성게를 잡아 배고픔을 달랬던 기억은 시골 생활이 주는 추억이다. 수영을 배우고 거친 바위와 파도 사이를 넘나들었던 시절이 그립다. 그때 같이 놀던 친구들은 어디에 있을까.

이호동 서마을에 들어서자 차도 옆 인도를 차지하여 우뭇가사리 건조작업이 한창이다. 나이가 지긋해 보이는 동네 아낙들 곁으로 다가가서, "이추룩 하영 우미ㅎ영 어디에 쓸 거 우꽝?" 물으며 인사를 건넸다. "요, 일본더레 수출ㅎ덴 헙디다."라고 답해준다. "예, 저도 어릴 때 촌에 살멍 하영 먹엇수다."라고 말하며 발걸음을 재촉했다. 그들은 해녀로서 직접 채취한 우뭇가사리를 햇볕에 말리고 있었다.

어렸을 적에 외할머니는 어머님이 없는 나의 빈자리를 채워주었다. 유아 시절부터 몸이 무척 허약하여 병치레가 많았다. 할머니는 보양식도 가끔 해 주었지만, 그중에 여름철에 먹은 우미 맛은 특별했다. 우뭇가사리를 채취하여 햇빛에 잘 말렸다가 더위를 이겨낼 음식으로 만들었다. 할머니가 밭일하러 가면 내가 할 일도 생겼다. 널어놓은 우미를 자주 뒤집어주는 일이다.

할머니는 우뭇가사리 끝에 붙어있는 조개 패의 잔여물을 막개(방망이)로 두드려 털어내었다. 깨끗이 씻은 후 물을 많이 부어 푹 끓여 낸 다음 채로 걸러서 낭푼이나 그릇에 담았다가 식으면 우미가 되었다. 우미는 제주 대표의 향토 음식으로 부추와 식초를 곁들여 먹으면 별미인데 청량제나 다름없다. 우미 요리 한 그릇이면 한 끼 식사를 해결할 정도로 시골 대부분 가정에서 식량 대용이었다.

이호 포구 방파제 입구 기둥을 반환점으로 돌고 나왔다. 출발한 지 약 5km까지는 몸이 무겁게 느껴지다가 땀을 빼고 나면 홀가분해지며 마음도 상쾌해 진다. 돌아오는 길에는 콧노래가 저절로 나온다. 운동이 주는 쾌감이다.

한 시간 남짓 달리는 동안 긍정의 에너지가 쏟아져 나오면서 세상이 아름답게 보인다. 사랑하는 가족의 건강과 오늘의 내가 있기까지 도움을 준 은인들이 떠오른다. 지난날을 돌아보며 후회와 반성도 해 본다. 무리하지 않게 달리다 보면 넓게 펼쳐진 수평선 위 바다만큼 넓은 생각들이 펼쳐지고 입가에는 미소가 번진다. 넓은 바다 위를 달린다.

파도를 바라본다. 하얀 파도가 좀 쉬었다 가라며 손짓한다. 이제 천천히 가도 될 것 같으니 주위도 한 번 돌아보란다. 갯내음이 콧속으로 들어오고, 하얀 물보라가 눈 속으로 들어온다. 철썩거리는 파도 소리는 귓속으로 스며든다. 바닷물은 출렁이는 물결이 있어야 살아있는 바다가 된다. 파도 소리를 먹은 몸은 새로운 힘이 생기는 듯하다. 한 번도 같은 적이 없는 파도는 오늘도 새로운 모습이다.

직장생활을 하면서 몸은 돌아보지 않고 숨가쁘게 앞만 보고 달렸다. 그러다 보니 허리둘레가 상당한 수준에 이르렀다. 중년을 넘긴 사람에게서 흔히 볼 수 있는 모습이다. 어느 정도의 운동이나 식이요법으로는 불어난 체중을 감량하기에는 무척 힘이 들었다. 마라톤만이 처방책이라 생각하여 실천에 옮겼다.

한두 해가 지나면서 체중도 많이 줄었다. 폐활량도 좋아졌는지 빨리 달리더라도 종전처럼 숨차는 현상이 사라졌다. 땀 흘린 만큼 건강을 지켜주고 있어서 포기할 수가 없다. 남들은 이 운동에 관심을 둔다 해도 오래 버티지 못하는 것을 종종 보았다. 실천이 쉽지 않은 것 같다. 많은 시행착오를 겪으며 포기하지 않고 오늘에 이르고 보니 자신감이 붙었다.

요즘 사람들은 건강을 일 번 순위에 올려놓는다. 건강식품은 물론이고 각종 영양제를 비롯하여 운동에 많은 시간을 할애한다. 마라톤을 해 보라고 가까운 지인들에게 권유해 보지만, 선뜻 뛰어들기를 망설인다. 중년을 넘긴 나이에 무리일 수도 있다. 나도 처음 시작은 오십을 바라보는 나이에 여기저기 기웃거리다가 선택한 것이다. 생물학적인 나이는 못 속이듯이 신체 이곳저곳에서 경고음이 울리기 시작하자 더는 미룰 수가 없었다. 다른 사람이 대신해 줄 수 없는 일이기에 과감하게 달리기에 몸과 마음을 쏟았다.

그동안 길 위에 흘렸던 땀방울을 세어본다. 울고 웃으며 견뎌온 나의 뒤안길은 소중한 추억이다. 바위에 부딪히며 부서지는 포말이 응원가가 되어 앞에서 끌어주고 뒤에서 밀어준다. 넘실대는 파도를 타고 수평선 너머로 희망의 나래를 편다. 파도는 바람과 함께 손잡고 다닐 때 볼 수 있다. 삶에서도 파도가 없는 날보다 있어야 생각할 거리를 더 안겨준다. 높이 솟구칠 때면 하얀 세상 속으로 빠져든다. 그곳에는 깨끗한 영혼이 자리한다.

마라톤은 늘 활기차고 건강한 생활을 위한 해조음의 리듬같은 생활이다. 오래전에 시작한 운동이 요즘 같은 팬데믹 시대에는 바이러스에 대항하기 위한 백신일 수도 있다.

갯내음이 몸 전체를 감싸 안으며 강하게 코끝을 자극한다. 온몸이 시원한 바닷물에 씻긴다. 몸의 땀구멍은 모두 열려 있다. 내일도 파도와 함께 수평선을 넘는다.

| 2021년. 제7호. 제주수필과 비평

청춘을 업고 달린다

나를 싣고 떠난다. 육중한 물체가 서서히 움직이면서 떠나고 있다. 떠남은 설렘이다. 오래 기다렸다. 청량리 역에 도착해 보니 열차가 금방 떠난 후였다. 한 시간 이상을 기다리고 탔다. 두 시간 남짓 달리면 남춘천역에 도착하게 될 것이다.

기차여행은 어딘가 낭만이 있다. 요즘은 기차보다 더 빠르고 편리한 교통수단이 있지만, 기차는 여전히 매력적이다. 제주에는 없는 교통이어서 뭍 나들이를 할 때는 은근히 기대된다. 일행이 있다 보면 기차를 선택하는 것은 어려워진다.

빌딩 숲을 벗어나자 창밖의 자연이 눈에 들어왔다. 10월의 마지막 주말, 경기도에서 강원도로 이어지는 들판에는 산골풍경이 고스란히 담겨 있다. 강원도의 힘찬 산세에서 뿜어져 나오는 힘이 느껴진다. 단풍이 곱다. 모두가 오색 옷을 입고 있다. 나도 한 그루의 나무가 되어 붉은 옷을 입는다.

차장 가에 기대어 지나간 추억을 더듬어 본다. 사람은 자신이 간직한 추억을 먹고 풍요로운 삶을 이어 간다. 규칙적으로 레일 위를 달려가는 마찰음 소리가 들린다. 시속 70㎞ 속력은 기분 좋은 흔들림이다. 경춘선 열차는 낭만을 음미하기에 좋은 공간이다.

지난해 춘천마라톤대회에 처녀 출전하여 풀코스를 완주하였다. 이만여 명이 함께하는 대회출전은 체력과 훈련이 뒷받침되어야 가능하다. 그 젊은이들과 함께 호흡하다 보면 나도 청춘이 된다. 뛰는 순간마다 젊은 피를 수혈받는 느낌이다. 젊은 바이러스가 내 몸 안에 가득 채워진다. 의암호를 옆에 끼고 함께 달리는 시간은 감동적이다. 고통을 이겨내야 하는 인내도 스스로 터득해야 한다. 내일은 두 번째 도전하는 날이다.

마침 주말 오후여서 열차는 만원이다. 옆 좌석에는 70대 중반 어르신이 타고 있다. 차○○이라고 지기소개를 한다. 그의 얼굴에 세월의 흔적 무늬가 곱다. 그는 춘천 시내에서 젊을 때부터 세차장을 운영하였다. 한 곳에서 기반을 마련했고, 자식들도 모두 출가해서 보람이라고 술회했다. 옆에 앉은 나의 모습을 보면서 여태 지나온 삶을 반추했을지 모른다. 여유 있고 곱게 늙어가는 모습이 보기 좋았다.

어느 대학교 학생인지 모르지만 수십 명 남·여 학생이 함께했다. 좌석을 모두 채우고 통로까지 가득 차 시끌벅적하다. 젊고 활기찬 모습에 빠져든다. 그들이 하는 말에 귀동냥해보지만 분명치 않다. 쉬지 않고 떠든다. 젊음이 아름답고 싱그럽다.

나에게도 그런 젊음이 있었을까. 고등학교를 졸업하면서 공직 생활을 시작했다. 초년일 때는 생소한 업무 챙기느라 바빴다. 간혹 동료 업무까지 도와주고, 현장 작업도 많았다. 맡은 업무를 처리하기 위하여 밤샘 일정이 많아지면서 두통을 달고 살았다. 그것은 과중한 업무 무게를 감당하지 못하여 생긴 현상이었다. 육체적으로도 힘들었다. 결혼하는 해에 야간 대학까지 다니게 되면서 바쁜 생활은 계속되었다.

하는 일에 열정을 쏟다 보니 청춘은 알찬 열매로 영글게 했다. 삶에 무게도 생겼다. 주어진 업무를 열심히 하다 보니 상사로부터 인정을 받게 되었다. 바쁜 시간이면서 신중하게 처리해야 하는 업무가 많았다. 중견간부까지 한 계단 한 계단 발판을 마련하는데 젊음을 불태웠다. 주어진 삶을 차곡차곡 채워 나갔다.

청평호와 소양호로 길게 늘어진 물줄기를 따라 기차는 계속 달린다. 바람이 강물을 만진다. 물결위에 가을빛이 잠들어 있다. 바람은 고운 빛의 강 윤슬을 업고 사방으로 흩어진다. 누구의 통제도 막힘도 없이 자유롭다. 내 마음도 바람과 함께 날아간다.

청량리 역을 출발한 열차는 남춘천역까지 여러 개의 역에 들린다. 성북·대성리·가평·강촌을 제외하면 자그마한 간이역이다. 특히 강경역 초입에는 소설 〈봄봄〉, 〈동백꽃〉의 작가 김유정이 살았던 곳이다. 김유정역은 한국철도 역사상 최초로 개인의 이름을 역 이름으로 명명한 곳이다. 오래전에 읽었던 단편소설을 떠올려 본다. 기차 안에서 읽을 요량으로 책 한 권을 사서 손에 갖고 있었지만, 북새통이어서 염두를 못 냈다.

강촌역에서 대학생들이 모두 하차하였다. 풍성한 먹거리인지 크고 작은 상자들을 챙기고 내린다. 잠시 머무는 사이 강촌 역사驛舍 벽면에 눈길이 박힌다. 군데군데 많은 시간 속에 채워진 낙서들이다. 워낙 빽빽하게 하나의 무늬가 되어버린 수많은 낙서는 또 다른 볼거리다. 많은 시간이 흐른 흔적이다.

어느덧 땅거미가 짙게 드리워지는 시간에 남춘천역에 도착했다. 차 영감은 숙소가 어디냐고 내게 묻는다. 초행길이라 낯설고 두려웠는데 고마웠다. 역 부근에 세워둔 차 영감의 자가용으로 내가 머물 숙소까지 바래다주었다. 도착지의 낯선 풍경을 기꺼이 받아들이고 즐겨 보는 것도 여행이 주는 즐거움이다. 여행의 목적은 떠나는 것이고 추억은 덤으로 얻는 것이 아닌가.

내일도 춘천마라톤대회에 젊음을 양어깨에 매달고 달릴 것이다. 달릴 수 있는 그 날까지 청춘이 늘 함께하기를 소망한다. 인생은 여행이고 마라톤이다.

내일 달려갈 어머니 품같이 풍요로운 의암호 전경을 그려본다.

| 2020. 제6호. 제주수필과 비평

3
기도하는 마음

사찰에서 기도
할 때마다 욕심을
내려놓으려는 마음으로
예불을 드린다.

그러다 보니 하는 일도
잘 되는 것 같다.
부처님을 향해 정성을 다하다 보니
모든 것을 긍정적 시각으로 바라보게 된다.
40여 년의 공직생활을
무사히 마칠 수 있는 행운도 얻게 되었다.
부처님과의 특별한 인연으로 인해 얻어진 결과이다.

성지聖地를 향하여
기도하는 마음
비움을 찾아서
천지에 몸을 담다
천사들
행복한 밥상
새벽을 열다

재적사찰 관음정사에서 자비도량참법 기도법회에 참여하며

성지聖地를 향하여

뭇 중생들이 고요히 잠들어 있는 시간이다. 도량道場에 울려 퍼지는 목탁 소리가 새벽을 깨운다. 목탁 소리를 들으며 비로전에 나가 좌복을 깔고 앉았다. 마음이 경건해지며 머릿속이 밝은 빛으로 채워진다.

성지순례 계획에 따라 작년에 오세암을 거쳐 봉정암에 다녀왔다. 올해는 상원사의 중대 사자암 적멸보궁을 참배하러 가는 길이다. 직장 불자회 도반들과 지도 법사를 모시고 떠나고 있다. 나들이 일정이 세워지면 마음이 먼저 그곳으로 달려간다. 맑은 마음도 동반하고 있다.

적멸보궁이란 석가모니불의 진신사리를 봉안한 사찰의 전각이다. 부처님이 항상 이곳에 적멸의 낙을 누리던 곳이다. 우리나라 대표적인 5대 적멸보궁은 영축산 통도사 · 오대산 상원사 적멸보궁 · 설악산 봉정암 · 사자산 법흥사 · 태백산 정암사가 있다.

상원사에서 한참 올라가야 중대 사자암이 나온다. 올라가는 길은 돌계단으로 고즈넉하게 이어진다. 가파른 돌계단이지만 올라가는 내내 마음이 편안하다. 새소리와 물소리, 깍깍거리는 까마귀와 인사 나누는 길은 마치 신선이 사는 곳을 향해 가는 느낌이다.

멀리 중대 사자암이 모습을 드러낸다. 암자에 도착하자마자 미륵전에 삼배의 예를 올렸다. 저녁 공양을 일찍 마치고 일행은 계단을 따라 적멸보궁으로 숨찬 발걸음을 옮겼다. 가끔 천둥소리가 들리고 비도 한 방울씩 떨어지고 있다. 올라가는 길에 심심하지 않게 다람쥐가 우리를 반긴다. 신록의 푸르름이 더욱 짙은 계절이다.

부처님 진신사리가 모셔져 있는 적멸보궁은 가장 높은 곳에 있다. 적멸보궁은 묵상에 빠져 있다. 보궁 안에는 불상도 없다. 보궁 뒷편에 진신사리가 모셔져 있는 돌무덤이 세월을 담고 있다. 푸른 바람에 실려 온 풍경소리가 머리를 맑게 채운다.

도반들과 함께 기도를 올렸다. 각자의 소원을 담아 간절한 마음으로 예를 올리는 모습은 경건하고 지극하다. 두 손 모으고 눈 감은 내 모습을 그려본다. 마음이 청정하다. 무거운 짐 하나를 벗어

놓는다. 성지를 찾을 때마다 양어깨에 짊어진 무게를 내려놓으려 애쓰지만 쉽지 않다. 이곳에 찾아와서 앉아 있는 일은 형언할 수 없는 축복이다.

상원사 주지 인광 스님의 법문이다.

"적멸보궁은 사후 세계를 위한 것이 아니라, 살아 있음에 충실하면서 보람 있게 살아가는 현재 시점과 공간을 말한다. 5대 광명을 얻으면, 몸과 마음이 편안하고, 생각이 맑아지면서 좋은 인연을 만나게 되어 마침내 부처님의 가피加被를 받는다."라고 했다.

좋은 인연으로 만난 도반과 함께하고 있다. 불심을 나누고 봉사하며 밝은 행을 실천하는 마음은 순수함과 배려심에서 나온다. 마음이 불안할 때 나를 불심으로 인도해 준 인연도 같이 근무했던 동료이다.

멀쩡하던 몸에 예상치 못한 장애가 발생했다. 의료 과실을 탓한다고 해결될 문제가 아니었다. 극복하고 헤쳐나갈 생각보다 나락으로 떨어질 방법을 찾아 헤맸다. 계속되는 통증으로 불면증이 이어지면서 우울증도 동반하게 되었다. 이를 지켜보던 동료가 불심을 심어보라고 권했던 것이 희망의 불씨를 지피게 된 계기다. 부처님의 미소를 보면 삶에 에너지를 불어넣는 듯 마음이 편안하다. 재적사찰에서 일요일마다 법회에 참여하는 이유이기도 하다.

상원사 적멸보궁 법당 옆 뜨락에는 여러 종류의 푸성귀가 제철을 만난 듯 싱그럽다. 함초롬하다. 도시의 혼탁함과 오염물질에 부대끼지 않은 모습이다. 가꾸는 사람의 정성과 청정지역의 맑은 내음을 듬뿍 받아 생기가 넘친다. 저 생명은 수행자에게 아낌없이 베풀어 삶의 에너지가 되고 있지 싶다.

깊은 산사는 조용히 어둠 속에 묻히고 있다. 적막한 산중에 중대 사자암 도량에는 이름 모를 풀벌레 소리가 잔잔히 들린다. 시원하게 느껴지는 바람과 함께 산속의 청정한 공기가 시리도록 깊게 스며든다. 제철을 만난 미물들은 자신의 존재를 소리 높여 노래한다.

몸을 뒤척이는 소리가 여기저기서 들린다. 수행을 위해 떠난 몸이기에 이 정도의 불편은 참아야 했다. 은은하게 들리는 목탁 소리가 새벽을 연다. 종소리와 목탁 소리는 잠들어 있는 뭇 생명을 깨우는 소리다. 참회 진언을 외우며 한 마음 내려놓고 떠난다. 내려놓을 짐이 많아 하루아침에 모두 실천하기는 힘들어 보인다.

수행의 길을 걸을 때마다 깨달음을 캐어 본다. '비우라. 내려놓으라. 존경하고 베풀라.'는 내용을 매번 들으면서도 실천하기가 쉽지 않다. 욕심과 아집이 사회생활을 하며 쌓이고 쌓여서 마음을 병들게 하고 있다. 사회가 복잡하고 다양해지면서 이기주의가 팽배해짐이 안타깝다. 이를 극복하고 내려놓기 위하여 오늘도 맑은 정신으로 가방을 메고 수행 길에 나선 일이다.

그동안 내려놓지 못하고 채우려고만 했던 욕망을 이제 벗어내야 한다. 스님의 죽비가 머리를 때린다. 인연 따라온 것은 자연스럽게 소유하면서도 소유물에 대한 집착을 버리려는 마음도 다잡는다. 보시의 마음을 키우고, 하심下心을 심는다.

중대 사자암 암자로 거센 바람이 불어닥친다. 암자는 그 자리에 가부좌를 튼 채 미동도 없다. 깨달음이란 단 하나의 목표를 위해 수많은 수행자가 묵묵히 걸어간 길 위에 나도 함께 있었다. 수행하기 위해 떠난 성지순례를 통해 맞닥뜨린 고행의 불편도 감수했다.

아침 햇살이 창문을 두드리며 세상에 찌든 마음마저 어느덧 맑게 씻긴다. 지금까지 내 몸에 쌓였던 업장은 한 겹 한 겹이 따라 녹아내리고 있다.

기도하는 마음

부처님 오신 날을 맞아 거리에 연등을 설치한다. 관음정사에서는 부처님 오신 날이 가까워지면 사찰 주변 도로와 경내에 연등을 설치하느라 바빠진다. 등을 하나하나 매달면서 보람을 얻는다.

신도회원들은 등을 다는 일과 철거작업까지 하고 있다. 혹시라도 한 달 동안 매단 등이 훼손될까 봐 마음을 졸인다. 올해도 봉사할 기회를 준 것에 대해 부처님께 감사한 마음으로 합장한다.

어느 날, 우연히 사찰에 들러 부처님을 만나게 되었다. 스님의 정성스러운 모습과 부처님의 자비로운 미소가 내 마음 속에 터를 잡았다. 불경 소리에 도취한 마음에는 평화로움과 편안함이 느껴졌다.

사찰을 자주 찾다 보니 자연스럽게 내 마음에 불심佛心이 자리하게 되었다. 그 후로 법회에 빠지지 않으려고 노력하고 있다. 어떤 일보다 우선한다. 법당에서 기도하는 날이면 먼저 떠나신 어머님이 나를 보살펴 주는 듯하다. 사찰에 오면 왠지 모르게 마음이 편안하다. 자주 사찰을 찾는 일이 있어서인지 신도회의 중책까지 맡았다. 사찰에서 기도하다 보면 나도 모르게 어머님과 동생 생각이 떠오른다.

내 나이 여섯 살 때, 어머님은 막냇동생을 낳다가 과다 출혈로 돌아가셨다. 동생은 동네 아주머니들에게 몇 개월 동안 젖동냥하며 지내다 결국 어머니 곁으로 떠났다. 어머님에 대해 어렴풋이 떠오르는 기억이 있다. 입안이 닳자 부추 뿌리로 치아와 혓바닥을 닦아내어 내가 아파했던 일과 인근에 있는 외할머니 집에 갈 때 손잡고 갔던 일 정도다.

어린 나이에 어머님을 잃고 나니 서럽고 외로운 생각뿐이었다. 동네 친구들이 어머니의 손을 잡고 다니는 모습을 볼 때면 가슴 한구석이 미어져 왔다. 특히 초등학교 운동회 때 가족끼리 둘러앉아 식사하는 광경이 너무나 부러웠다. 외롭고 어려울 때 혼자 운동장 모퉁이에서 서럽게 울던 기억이 아직도 생생하다. 친척 집을 오가며 성장하던 시절은 지금 생각하면 꿈만 같다.

어린 시절을 그렇게 힘들게 보내고 우여곡절 끝에 성인이 되어 공무원 생활을 하게 되었다. 하늘은 무심하게도 나에게 시련을 주었다. 직장 건강검진이 시행되는 해였다. 차일피일 미루다 연말에 검진을 받았는데 CT 검사 결과 폐에 종양이 발견되었다는 것이다. 의사는 시설이 좋은 종합병원에 가서 재검사하라고 한다. 결국 서울에 있는 병원에서 폐종양 수술을 받게 되었다. 수술을 앞두고 불안한 마음에 부처님 앞에 불공을 드리고 싶었다. 어머님과 동생 영가靈駕 전에 봉안하고 정성스러운 기도로 부처님의 가피加被를 얻고자 마음속으로 빌고 또 빌었다.

잘 될 거라고 믿었던 수술 결과는 잘못되었다. 의료진의 과실로 신경 계통에 손상을 입어 왼쪽 눈과 왼쪽 손에 장애가 왔다. 그 후 여러 차례 치료를 받았지만 호전되는 기미는 보이지 않았다. 신경 교란으로 통증은 6개월이 넘도록 이어졌고 그로 인해 불면증에 시달렸다. 치료 기간이 길어지면서 우울증까지 동반했다.

불안한 나날을 보내는 내 모습을 지켜본 동료가 종교에 의존해 보라고 권유했다. 지푸라기를 잡는 심정으로 한동안 새벽 예불에 참여하였다. 간절한 기도를 하면서 하루하루를 보냈다. 이른 시간 예불에 참석하고 출근하느라 몸의 피로는 말이 아니었다. 그러는 와중에 의사는 장애 극복을 위해 꾸준히 운동할 것을 권장했다. 성치 않는 몸으로 알맞은 운동을 찾기란 더욱 힘들었다. 수술 전에 틈틈이 해오던 마라톤이 내가 해오던 유일한 운동이었다.

지금 상태로 마라톤을 하려면 체력이 버텨 줄 것인지 의문이었다. 그렇지만 치료에 효과가 있다면 무엇이든지 극복해 나가야 했다. 주말마다 동호인과 어울려 마라톤 훈련에 참여하였다. 기회가 될 때마다 다리 근육을 단련시키기 위해 등반도 다녔다. 죽기 아니면 살기로 훈련에 임했다. 대회에도 적극적으로 참여하면서 어느 정도 할 수 있다는 생각이 들었다. 1년쯤 지난 후에는 통증도 조금씩 줄어들었다. 훈련할 때는 잡념도 없어지고 건강회복에도 많은 도움이 되었다. 성지순례에도 동참하며 정상적인 삶을 살아보려고 노력하였다.

마라톤과 등산은 힘든 과정을 이겨내야 하며 의지가 요구되는 운동이다. 내가 마라톤을 좋아하는 이유도 그런 요건을 갖추고 있어서다. 본인이 하고 싶어 하는 것을 할 수 있다는 것은 행복한 일이다. 환갑을 넘긴 나이에도 마라톤의 전 구간을 뛸 수 있다는 것을 인생의 커다란 보람으로 여긴다.

대부분 사람은 약간의 신체적 장애를 갖고 살아간다. 지금도 찬바람이 불기 시작하면 손이 시려 활동에 큰 불편을 느낀다. 그때마다 따뜻하게 유지하며 지낸다. 어떤 병이든 스스로 극복해야 한다는 의지로 조급하게 서두르지 않고 치료에 전념하다 보면 좋은 결과로 이어질 거라 믿는다.

지금도 사찰에서 기도할 때마다 욕심을 내려놓으려고 예불을 드린다. 그러다 보니 하는 일도 잘 되는 것 같다. 부처님을 향해 정성을 다하다 보면 모든 것을 긍정적 시각으로 바라보게 된다. 40여 년의 공직생활을 무사히 마칠 수 있는 행운도 얻게 되었다. 부처님과의 특별한 인연으로 인해 얻어진 결과이다.

나이가 들어도 지금처럼 봉사할 기회가 주어진다면 무엇이든 마다하지 않겠다는 마음을 다져 본다. 나 자신은 물론 남과 이 세상을 위해서 열심히 봉사하는 마음으로 살아가다 보면 나의 행복은 저절로 따라오는 것이 아닐까.

오늘따라 스님의 예불 소리가 더욱 맑게 들린다.

| 2018년 8월. 수필과 비평. 등단작

비움을 찾아서

가볍게 떠난다. 오래 머물렀던 무더위도 계절 변화에 순응한다. 선선한 바람이 불어오니 하늘도 맑고 높다. 도청 반야불자회 회원과 가족은 지도 법사 인솔하에 전남지역으로 성지순례에 나섰다. 삼보 사찰 중 한 곳인 송광사가 포함되어 반갑다. 광주공항을 출발한 버스는 부푼 기대와 희망을 싣고 힘차게 달린다.

첫 순례지인 월출산 도갑사 법당에 들러 순례 입제를 올렸다. 법상 스님은 멀리서 왔다고 반갑게 맞아 주었고 법문까지 해주었다. "인과응보란, 자기 마음이다. 모든 것이 자기 마음에서 비롯된다. 자업자득이란, 착한 일을 하게 되면 착한 사람이 되고 나쁜 일을 하면 나쁘게 된다. 일체유심이란, 내가 주인이라는 마음이 느낄 때 미래에 나타나는 모습이다. 마음을 키워 자기 자신에 사랑을 느낄 때 남을 사랑할 수 있다."라는 좋은 말씀이 가슴 한곳에 머문다.

인근에 있는 무위사를 찾았다. 도선 국사가 갈옥사로 창건한 고찰이다. 극락보전은 국보 제13호로 지정되었고 보물인 아미타삼존불상·수월관음 벽화·아미타여래도 등이 보존돼 있다. 아름다운 건물, 아름다운 벽화, 아름다운 시로 유명하였다. 이러한 국보, 보물들을 접하면서 한국 불교의 미와 섬세함이 느껴졌다. 묵직한 무게가 가슴에 내려앉는다.

온종일 먼 길을 달리고 여러 곳을 참배한 후 오후 늦게 조계산에 있는 승보사찰인 송광사에 도착했다. 계곡 옆길을 따라 한참을 걸었다. 흐르는 물소리가 청량하다. 우리 지역에서는 쉽게 볼 수 없는 계곡물 소리다. 언제 들어도 정겹다. 저 물은 어디까지 흘러가서 무엇이 될까. 산사의 시원한 바람도 벗이 되어 함께 걷는다. 무성한 나뭇잎도 우리를 반겨 주며 살랑살랑 춤춘다.

송광사에서는 대접 하나에 밥과 반찬을 모두 넣는 바루공양이었다. 공양 후 도량 한 바퀴 돌며 무거운 짐을 내려놓는다. 법복으로 갈아입고 저녁 예불에 참석할 준비를 하였다. 참석에 앞서 사물인 법고, 범종, 목어, 운판을 치는 모습을 가까이서 숨죽여 참관하였다. 장삼 자락을 날리며 여러 스님이 번갈아 가며 법고를 치는 광경은 엄숙하면서도 장엄했다.

예불 시간에는 많은 스님과 우리 일행이 함께했다. 경을 읽는 소리가 법당 안을 가득 채우고 사방으로 퍼져나갔다. 지도 법사와 도반들이 함께하는 성지순례가 아니면 큰 사찰에서 예불에 참여해 보기도 쉽지 않다. 보람이었고 뜻깊은 시간이었다.

사찰에서는 저녁 9시에 취침해야 한다. 몸에 배인 생체리듬 때문에 그렇지 못함을 알고 계신 스님이 넓은 장소에 모이라 했다. 지금까지 살아오면서 삶에 대해 한마디씩 하는 자리가 되었다. 자기를 되돌아보고 내려놓는 시간이다. 조계산 자락의 모든 사물이 숨소리가 조용해진다.

너무 많은 무게를 짊어졌는지 나에게도 시련이 찾아와 한동안 고통과 불안과의 싸움이 계속된 시간이 있었다. 누구도 잡아줄 수 없는 불안한 마음을 새벽 예불에 의존도 해보았다. 비워야 하겠다는 일념으로 자신과 긴 줄다리기 싸움에서 극복했다. 부처님 손길이 닿은 것이다.

돌이켜보면 여태 살아오면서 너무 많은 것을 얻은 것 같다. 얻은만큼 비워야 하는데 저울추가 채우는 쪽으로 더 기울었다. 비우는데 소홀하였다. 그릇은 작은데 온갖 쓸데없는 것까지 채우고 다녔으니 감당하기 힘들었다.

이제 버리고 비우는 쪽으로 삶을 살아가고자 한다. 욕심도 함께 내려놓는다. 기회가 될 때마다 순례에 참여하는 것도 비움의 길을 찾기 위해서다. 많은 것을 보고 경험해 보아야 느껴질 것인가. 얼마나 노력하고 실천하면 될까. 쉽게 와 닿지 않는다. 손을 뻗어도 잡히지 않는다. 그게 뭇사람들의 일상인지 모른다. 법문을 들을 때마다 가슴속 물결에 파문이 인다. 바로 일상생활에 적용해 보려 하지만 늘 부족하다. 지천명의 나이도 고개를 넘고 있다. 차츰차츰 마음을 비울 수 있는 자세가 자리 잡기를 기원한다.

이튿날 새벽, 예불에 참석하려고 조용히 준비했다. 시간에 맞춰 삼삼오오 법당으로 향했다. 피부를 어루만지는 싸늘한 온도가 먼저 인사한다. 새벽 예불 역시 법고 치는 것으로 시작되는데 저녁 예불과 느낌이 조금 달랐다. 모든 사물이 잠든 시간에 초롱초롱하고 생기 있는 눈동자로 경전을 읽는 모습들이 진지하다.

송광사는 보조국사와 정혜결사의 근본 도량이다. 보조국사를 포함한 16 국사國師를 배출한 수행지이다. 정진 도량으로써 승보사찰로의 맥을 잇고 있었다.

인근에 있는 선암사에 들렀다. 고찰이다. 현 가람 위치에 일천 불, 이 보탑, 삼 부도가 있다. 태고총림으로서 태고종을 널리 전파하는 호남의 중심 사찰이다. 좀 아쉬운 것은 제대로 관리가 되지 않아 여러 각이 많이 훼손되어 있었다. 주변 정리도 되지 않아 불자들의 마음을 안타깝게 했다.

마지막으로 찾은 곳은 운주사였다. 천 불 천 탑이 있었다고 하나 많이 유실되어 지금은 석불 90여 기, 석탑 21기만 남아있다. 운주사 석탑들은 모두 다른 모양을 하고 있어 특이했다. 서쪽 능선에는 거대한 두 분의 와불(미완성 석불)이 누워 있었다. 조상 대대로 사람들은 이천 번째 와불이 일어나는 날 새로운 세상이 온다는 말을 전해 왔다 한다.

우리 도반들은 1박 2일 동안 수행의 길을 걸었다. 비움을 찾아 떠난 길이고 고행을 각오한 마음이었기에 불편함을 모두 받아들였다. 이번에도 비움을 위하여 떠난 길이었는데 채움으로 그릇이 가득 차 보인다. 마음 가득 선물을 받고 돌아오는 기분이다. 비우고 버려야 가벼워진다. 마음에 여백이 있어야 다른 씨가 들어올 자리가 마련된다.

가벼운 정신이 맑고 깨끗하다. 청명한 가을 하늘처럼 가볍게 날고 싶다.

| 2020년 7월. 수필과 비평

천지에 몸을 담다

이번에는 볼 수 있겠지 하는 기대에 마음이 설렌다. 관음정사 주지 스님을 비롯한 신도들과 함께한 백두산 등정이 시작되었다. 중국 령에 속하는 백두산, 서파 산문 등산코스를 택해 정상에 오르는 날 아침부터 가랑비가 내린다. 산중의 변덕스러운 날씨지만, 꼭 천지를 볼 수 있는 행운이 있기를 소원해 본다.

한대림 기후인 길 양쪽에는 오랜 고목이 울창한 숲을 이루고 이 지역에는 2,700여 수종이 자생하고 있다. 그중에 자작나무처럼 천여 년을 사는 나무도 있다. 그 긴 세월 한곳을 지키며 서 있는 나무 앞에서 마음이 절로 숙연해진다.

일행을 태운 서틀버스는 좁은 경사로를 따라 올라간다. 종점에 도착하자 일행들은 정상을 향해 계단을 따라 본격적인 산행이 시작되었다. 7년 전 간간이 비 내리던 5월에 처음 왔었다. 정상에 이르렀을 때 눈이 쌓여 있어 천지는 보지 못하고 장군봉과 여러 봉우리를 보는 것으로 만족했다.

　　내 작은 가슴으로 웅장함을 담아내기가 쉽지 않았던 민족의 영산靈山이다. 백두산과 처음 마주했던 그 설렘을 다시 한번 확인하기 위해 여름철 일정을 택했다. 이번에도 우리의 간절함을 저버렸다. 성치 않은 무릎으로 쉬고 걷기를 반복하며 가파른 계단을 딛고 정상에 오른 노老 불자들의 심정을 헤아렸다. 이날은 온종일 비바람이 불었고 정상 부근엔 안개가 자욱한 날씨였다.

　　옛 기억을 더듬으며 천지 모습을 그려본다. 나는 2번째 등정이지만, 일행 대부분은 처음이었다. 생전에 꼭 한번은 보고 싶은 마음에 동참한 어르신이 많다. 우리는 언제까지 기다릴 수가 없어 아쉬움을 뒤로 하고 발걸음을 돌렸다. 내려오는 길을 따라 펼쳐진 야생화의 향연을 본다. 백두산이 폭발하면서 형성된 금강대협곡을 보는 것으로 아쉬움을 달랬다.

　　이튿날, 우리는 백두산 입구 도시인 이도 백화를 출발하여 북파 산문으로 다시 백두산 정상을 향해 길을 나섰다. 숙소 날씨는 좋다. 걱정이 앞서 이동하면서 안내원에게 날씨를 물어보니 "하루에도 몇 차례씩 날씨 변화가 심해 지금은 알 수 없다."라고 하였다. 자연의 순리는 어찌할 수가 없지만, 다시 오지 못할 분을 위해 천지를 볼 수 있도록 간절하게 기도드렸다.

우리는 대형차에서 소형차로 갈아타며 굽이굽이 험한 경사로를 지나 정상 밑 집결지에 도착했다. 이미 많은 관광객이 도착하여 기다리고 있다. 지반 침하방지와 안전을 위해 300명씩 시간대별로 통과시켰다. 산 아래에서 정상을 향해 검은 구름이 빠르게 이동하는 것이 보이자 일행들의 마음은 초조해졌다.

잠시 후, 졸였던 마음이 풀어지며 얼굴마다 함빡 웃음꽃이 핀다. 먹구름 방향이 선회하고 있다. 안내원은 "덕德을 쌓아야 천지를 볼 수 있는데, 여러분은 불심이 있어서 그럴 수 있다."라고 말한다. 천지를 조금이라도 더 빨리 보기 위해 일행들의 발걸음은 빨라졌다.

전망 좋은 장소에 몰려있는 사람 사이를 비집고 들어가 자리를 차지했다. 정상에서 내려다보이는 천지의 모습은 절경이다. 한 폭의 풍경화다. 용왕 담龍王潭이라고도 불리는 14km 둘레의 거대 칼데라 호수를 보는 순간, 탄성이 절로 나온다. 여름인데도 가을 하늘처럼 흰 뭉게구름이 천지에 반영되어 피어오른다. 쉽게 볼 수 없는 장면인데 아무에게나 보여주는 모습이 아니다. 천지에 몸을 담그니 영혼이 시원하다. 얼마나 기다렸던 순간이었는가! 맑은 날씨는 축복이었다. 천지는 사진작가에게 이 멋진 모습을 얼마나 많이 선물했을까. 최남단에서 여기까지 찾은 우리에게도 좋은 선물을 안겨주었다.

우리나라에서는 백두산과 한라산을 아버지과 어머니에 비유한다. 아버지의 근엄함을 느낄 수 있는 백두산 정상에서 맑고 투명한 천지의 물처럼 마음이 깨끗해진다.

일행은 천지를 마음껏 바라볼 수 있는 시간과 장소를 이동하며 한 장면이라도 더 보려고 바삐 움직였다. 저마다 휴대폰 카메라에 멋진 장면을 담느라 분주하다. 천지를 몸에 담기가 벅차보였다.

유명한 산에서 맛볼 수 있는 감동은 지금까지 산행하면서 삶의 의미를 일깨워 주었다. 산은 저마다 특징을 갖고 있다. "인생이든 산행이든 한 발자국들이 모여 마침내 목표를 이루는 것."이라 했다. 이번 산행에 구순을 눈앞에 둔 효덕 회주 스님도 함께했다. 불심과 원력으로 한평생을 살아온 삶이다. 천지를 본 스님의 감회는 아름다운 추억으로 남을 듯하다.

첫날은 안개로 인해 천지를 볼 수 없었으나, 오늘은 천지를 바라보는 행운을 얻었다. '백 번을 올라야 두 번 볼 수 있는 것이 백두산'이라는 우스갯소리도 있듯이 변화무쌍한 백두산 날씨를 생각하여 서파와 북파로 이틀 등산 일정이 마련된 것이다. 그중에 하루는 볼 수 있을 것이라는 믿음 때문이었다. 많은 분이 기도 덕분에 천지를 보았다. 연로한 어른들과 일행의 기쁨 가득한 얼굴이 곱다. 하산하는 발걸음이 가볍다.

　　남은 생에 힘이 들면 천지와 마주했을 때의 감동을 떠올릴 것이다. 기회가 된다면 북한 땅으로 백두산에 오르고 싶다. 육로로 금강산에 가고 묘향산까지 등정하는 날을 기대해 본다. 꿈은 현실이될 것이다.

| 2019년. 제5호. 제주수필과 비평

천사들

특별한 토요일이 있다. 깨끗하고 맑은 영혼을 만나면 나의 마음도 편안해진다. 처음에는 서먹서먹하던 것이 달이 갈수록 서로 반갑게 만난다. 그들과 함께 있다가 돌아오면, 언제 다시 해맑은 모습을 볼 수 있을지 기다려진다.

자원봉사 활동은 직장인과는 거리가 멀다고 여겼었다. 어려운 이웃을 위해 물품이니 후원금을 지원해 보았으나 시간이 없다는 이유로 현장 활동에는 직접 참여하지 못했다. 오래전, 제주 시내 L 동 사무소 책임자로 근무할 때였다. 공무원들이 사기 진작 차원으로 격주 토요일에 휴무 제도가 시행되었다.

몇 개월이 지나자 휴무 토요일을 보람있게 보낼 수 있는 일이 무엇인지 생각하게 되었다. 전체 직원의 의견을 모았다. 여러 사람이 모이자 다양한 생각들로 채워졌다. 그중에 선택된 것이 인근 지역에 있는 '제주 ○○ ○○의 집'을 방문하여 봉사하기로 하였다. 하급 직원일 때도 몇 차례 동사무소에 근무하며 취약계층을 돕는 일과 사회 복지 분야도 맡았었다. 최일선이기에 직접 주민과 접하면서 애로 사항을 처리해 드렸다.

그 시설은 정부에서 보조받지 않았으며 어떤 대가도 없이 지적 장애인(성인) 12명을 수녀님이 돌보며 함께 숙식하고 있었다. 후원 단체의 보조로 운영하며 병원 진료 등 외부에 나갈 때 사용할 차량도 지원받았다. 자애로운 수녀님의 모습도 천사 같았지만, 자매들의 천진한 모습은 맑고 때 묻지 않은 천사였다. 가식 없는 순수한 모습이 그들의 얼굴에 그려져 있다.

처음으로 실시한 봉사 활동은 점심을 준비하여 자매들에게 제공하고 시설을 청소했다. 오후에는 몇 가지 레크리에이션을 하는 시간을 가졌다. 차츰 횟수가 늘어나며 야외활동으로 방향을 바꾸었다. 수녀님도 동행했지만, 그들은 활동이 부자유스러워 한 사람씩 짝을 이루어야 야외활동이 가능했다. 활동에 드는 경비와 이동에 필요한 차량은 직원들이 십시일반 제공하여 해결했다.

관광지에는 협조 공문을 보내 무료 관람을 하였다. 여름철 해수

욕장에 데리고 갔을 때 그들이 제일 즐거워했다. 처음인 경우가 대다수였을 것이다. 허리 정도의 깊이까지 손잡고 들어가 바닷속을 걷는 것이다. 무서워하는 이가 있는가 하면 계속 물속에 머물자며 생떼를 부리기도 했다.

평소에는 종일 실내 공간에서 생활하다가 한 달에 한 번 정도 외출하는 날은 신나는 일정이다. 야외활동을 통하여 여러 사람과 접하면서 살아가는 모습과 자연의 아름다운 모습을 느끼게 함이다. 힘들게 움직여도 참아가며 마냥 즐거워하는 모습을 보면 함께하는 우리가 더 보람을 느끼는 시간이었다.

그들은 가식적인 표정을 만들지 않는다. 어린아이가 짓는 순수한 표정 그대로이다. 얼굴에 그때그때 표정이 나타나는데 맑고 순수함이 배어 있다. 깨끗한 영혼의 소유자들이다. 이성적으로 사리를 분별할 수 없는 처지가 안타깝다. 지체장애여서 쉽게 치유할 수도 없다. 몇몇은 다운증후군을 갖고 있어 마음이 더욱 쓰렸다. 부모나 연고자가 있는 자매는 토요일에 집에 갔다가 일요일 저녁에 다시 시설로 온다. 몇몇을 제외하고 대부분 장애인을 찾아오는 연고자가 없다고 한다.

얼마 전, 세계 장애인의 달을 맞아 TV에서 장애를 극복한 사람들의 경험 프로그램을 보았다. 그 외에도 여러 분야에서 장애를 극복한 유명인을 볼 수 있었다. 선천적으로 양팔과 양다리 없어도 이를 이겨내며 꿈을 이룬 사례가 많았다. 시각장애인도 감각적으로 자신이 할 수 있는 분야에서 두드러진 활약상을 보여주었다.

반면, 자폐라든지 지적장애인 경우는 평생 부모나 가족이 돌봐야 하는 안타까운 입장도 허다하다. 일생을 살아가면서 장애를 일부러 선택하지 않는다. 어쩔 수 없이 자신에게 닥치면 이를 안고 극복하며 살아갈 수밖에 없다.

우리와 함께 마라톤 동호회 활동하는 회원 아들도 자폐를 갖고 있다. 대회가 있으면 참여한다. 몇 년 전에는 춘천마라톤에 아버지와 함께 풀코스를 완주하기도 하였다. 신체가 건강해서 먹을거리가 보이면 무작정 먹는 모습이 안쓰럽기도 하고 걱정도 되었다. 통제가 필요한 입장이다 보니 보호자가 늘 곁에 있어야 하는 형편이다.

사회가 발전하면서 장애인이 더 증가하고 있다는 통계가 있다. 현대 사회는 선천적 장애 못지않게 교통사고와 산업재해, 약물 중독 등으로 후천적 장애가 증가하는 형편이다. 내 주위에서도 최근까지 멀쩡하던 사람이 갑자기 장애를 겪으며 고생하는 모습을 볼 때는 안타까운 심정이 든다.

나도 지금 약간의 장애를 갖은 채 평생 살아가야 하는 형편이다. 또 내 가족이 지금 장애가 없다고 영원히 장애 없이 살아갈 것이라는 보장도 없다. 장애인도 이 사회에서 행복하게 살아갈 권리를 가지고 있다. 장애인과 장애 시설에 더 많은 관심과 손길이 필요하다.

자원봉사 활동은 자발성과 무보수성. 지속성이 있어야 오래 할 수 있을 것이다. 봉사가 필요한 사람을 위한 일이기도 하지만, 봉사자 자신이 위로 받는 면도 크게 작용한다. 재력이나 학력·연령과 관계없이 어려운 이웃에 관심과 정성이 담겨 있으면 된다. 배려와 용기가 있으면 누구나 참여할 수 있다고 본다.

3년 정도 한 달에 한 번 봉사 활동에 나섰던 시간은 나를 돌아보게 하는 추억이었다. 지금은 다른 부서에 근무하고 있으며 일부는 퇴직했다. 경비와 시간을 할애하며 자발적으로 참여해 준 동료의 모습이 아름답게 그려진다. 또 다른 곳에서 봉사 활동을 할 기회가 된다면 마다하지 않으리라.

봉사와 지원을 받지 못한 소외된 가정에서 비극적인 소식을 접할 때마다 안타까운 마음이 든다. 선진국에 다가섰다는 우리 현실에서 가끔 일어나는 슬픈 소식에 가슴이 아린다. 어려운 계층에 더 많은 혜택과 보살핌이 절실하다는 생각이 든다.

행복한 밥상

점심시간이 기다려진다. 요일마다 다르게 차려지는 메뉴가 궁금하다. 공기업 구내식당은 입찰을 통하여 큰 기업에서 운영하고 있다. 전문 조리사가 있어서 맛과 영양을 고려하여 준비된 음식이다. 정갈하고 먹음직스럽다 보니 보기만 해도 군침이 돈다.

공직생활을 마무리하는 시점에서 공로 연수를 앞두고 국가 공기업인 제주국제자유도시 개발센터에 파견 근무하게 되었다. 제주도정과 국제자유도시센터 간의 필요한 정보를 공유하는 역할이다. 파견 기간이 끝나면 다시 일 년 동안 공로 연수에 들어가게 되는데 사회생활을 준비하는 기간이다. 40여 년간 근무하여 무사히 퇴임할 수 있음은 명예로운 일이다.

그동안 점심은 주로 식당에서 해결했다. 도시락을 준비한 경우는 없었고 근무지 인근 식당을 이용하였다. 일반 식당에서는 손님들의 입맛을 자극하기 위하여 맵거나 짜게 조리하는 경우가 많다. 반면, 구내식당 음식 반찬은 다소 소박하지만, 조미료를 많이 쓰지 않는 편이다. 집에서 먹는 음식 같아서 언제부터인가 일반 음식점보다 구내식당 음식을 선호하게 되었다.

공직에 발을 들여놓고 20년 가까이 근무하는 동안 잦은 회식과 식당 음식 영향인지 고혈압이 생겼다. 예민한 업무가 원인이 될 수도 있고 유전적일 수도 있겠지만, 젊은 나이인데 건강에 경고등이 켜졌다. 그때부터 약을 먹기 시작했다. 그러면서 의식적으로 짜거나 자극적인 음식을 되도록 멀리하게 되었다. 그 후로는 조미료를 덜 사용하는 구내식당으로 발길이 먼저 나섰다. 대다수 공무원은 구내식당보다는 주변 맛집을 찾는다. 상사와 근무하다 보면 윗사람의 입맛에 따라 메뉴를 결정하게 되고 몇 명이 어울려 가는 것이 조직 문화였다.

국제자유도시개발센터는 아라동 첨단과학단지에 있다. 주로 첨단과학과 연관된 업무와 시설들이다. 시내와 멀리 떨어져 있고 주거시설이 없어서 주변에는 식당 등 상업 시설이 많지 않았다. 첨단과학단지 내에 근무하는 직원들은 점심시간에 개발센터 구내식당을 주로 이용하였다. 식권을 사면 누구나 이용할 수 있도록 한 배려는 좋은 정책이다. 큰 이익을 챙기기보다는 직원들의 후생 복지를 위하여 운영되고 있어 음식값도 저렴한 편이다.

음식점 선호는 깨끗함과 맛에 달려있다. 좌석이 200여 석이고 많을 때는 400~500명이 이용한다. 야근하는 직원을 위하여 저녁까지 준비하는 배려도 고맙게 느껴졌다. 전문 조리사가 있어서 균형 잡힌 영양과 조미료를 과다하게 사용하지 않은 것이 반가웠다.

근무를 마치면 여생을 사회에 봉사하는 길을 찾고 있다. 마침 인근 제주국제대학에 사회복지학과가 개설되어 있었다. 공직에서도 취약계층을 돕는 분야에 다년간 근무한 경험이 있어 관심을 두었다. 복지사 자격증을 취득해 두면 앞으로 고령화 사회로 접어드는 시점에 필요한 곳이 있으리라 생각했다.

3학년으로 편입했다. 자식보다 어린 학생들과 함께 야간 수업에 참여하며 이수해야 할 학점을 힘들게 하나둘 모아갔다. 아무래도 나이가 들어서인지 젊은 학생들을 따라가려니 힘이 들었다. 파견 기간과 공로 연수 기간을 이용하여 알차게 시간을 투자한 셈이다. 주어진 학점과 2주간의 현장실습을 마치고 자격증을 손에 쥐었다. 보람이었다. 점심도 이용했지만, 야간 수업이 있을 때는 저녁까지 구내식당에서 맛있는 밥상을 마주했다. 만날 때마다 고마운 생각과 행복감이 들었다.

주변에는 산책코스도 잘 조성되어 있다. 남들보다 조금 일찍 식사를 마치면 삼사십 분 정도 걸을 수 있는 시간이 생긴다. 스마트폰에서 흐르는 음악도 빠질 수 없는 친구가 된다. 걷고 나면 상쾌한 기분이 든다. 짧은 기간이지만 찾아서 할 수 있는 것은 본인의 노력에 달려 있다고 본다.

건강은 건강할 때 지켜야 한다는 말이 있다. 아무리 돈이 있어도 건강은 본인이 챙겨야 한다. 물론 돈이 있으면 생활을 편하게 지낼 수 있다. 운동은 본인의 의지와 고통을 감수할 수 있는 끈기와 열정이 있어야 한다고 여겨진다. 건강을 한번 잃어본 경험이 있어서 지금도 무리하지 않으려 꾸준히 노력하고 있다. 신체 건강과 함께 정신건강까지 생각하며 긍정적으로 오늘을 충실히 살아가는 것이 행복한 삶이라 여긴다.

사람마다 식사하는 습관이 있다. 나는 아침을 제일 잘 먹는 편이다. 점심과 저녁은 그 반 정도로 하고 있다. 몸에 익숙한 습관이 되다 보니 이제는 편하다. 적정한 체중을 오래 유지하는 것도 의지의 결과이다. 점심과 저녁을 잘 먹는 일행과 식사할 때는 음식을 남기면 죄스럽다는 생각이 들 때가 많다.

구내식당 음식과 인연이 많은 편이다. 오래전 시청에 근무할 때부터 선호하였다. 수원 지방행정연수원에서 1년간 교육받으며 즐겁게 마주했다. 그 후 도내 공직자 교육기관 수장으로 재직할 때는 적극적으로 홍보하기도 하였다. 한번 먹어 본 사람들은 구내식당 음식이 맛있다고 평가해 줄 때마다 뿌듯한 기분이 들었다.

이제 공직을 떠난 입장에서 구내식당 음식을 맛보기는 어려워졌다. 다른 사람에 비해 구내식당 음식을 선호했고 즐겼던 기억은 보람으로 남는다. 앞으로도 많은 음식과 마주하며 건강을 챙겨야 한다. 될 수 있으면 소박하고 담백한 음식을 만날 수 있는 곳을 찾아다니지 않을까 싶다.

새벽을 열다

여명이 오기 전부터 부지런한 사람이 있다. 두 뺨에서 느껴지는 영하의 기온이지만, 밤하늘에 떠 있는 별들은 추위를 안고 초롱초롱 빛을 발한다.

새벽 2시에 서울 가락동 농수산물 도매시장을 찾았다. 이곳 시장은 과일과 채소를 비롯하여 수산물 경매에 참여하며 새벽을 여는 사람들이다. 경매에 참여하는 생산자 단체와 경매사들 눈빛이 차가운 기온을 녹인다. 활발하게 움직이는 모습에 내 마음이 빠져든다.

사람들은 잠들어 있을 시간에 경매가 시작된다. 그들은 보통 사람들과 반대의 삶을 살고 있다. 낮에는 쪽잠을 자고 새벽부터 일선 현장에서 경쟁을 통하여 더욱 나은 삶과 가치를 얻고자 노력한다. 얼마나 아름답고 자랑스러운가. 우리 경제를 이끌고 삶을 풍요롭게 하는 선구자이다.

감귤 유통 부서에 근무하게 되었다. 어떻게 하면 더욱 나은 가격 경쟁으로 소득증대에 기여할 수 있을까를 고민해야 했다. 현장 상황을 살펴보아야 알 수 있다는 생각으로 경매 현장에 참가해 보았다. 경매사와 상인 단체와 간담회를 하면서 그들의 목소리를 가감 없이 들었다. 문제점을 발견하면 빠른 해결만이 올바른 가격 형성에 도움이 된다.

처음으로 참여해 보는 경매시장은 어리둥절한 분위기였다. 알아듣지 못할 정도의 빠른 말과 외국말 같은 뉘앙스는 일반 사람들로서는 이해하기 힘들었다. 빠른 동작의 손가락 움직임에 따라 순간에 낙찰자가 결정된다. 눈 깜짝할 사이다. 낙찰자는 입가에 미소를 짓지만, 탈락자는 다음 코너를 기대하며 발걸음을 옮긴다. 어깨가 무거워 보였다.

감귤 가격은 해마다 다르게 나타난다. 기후 변화와 태풍의 영향도 있지만, 같은 시기에 생산되는 딸기와의 경쟁에서 소비자 입맛으로 선택하게 해야 한다. 그러기 위해서 농민들은 자식키우는 심정으로 최선을 다한다. 코로나19 사태로 외국인 관광객 발길이 멈춰서다 보니 감귤과 관광 두 산업은 피부로 느껴질 만큼 제주

경제에 타격을 주고 있다. 코로나 사태가 해결되면 다시 관광객은 찾아오겠지만, 감귤 산업은 차츰 사양길에 접어들어 경쟁력에서 뒤처지고 있다.

지금까지 제주의 1차산업 가운데 조수입에서 가장 큰 비율을 차지하는 감귤이 제주경제를 이끌어온 작물이다. 감귤은 관광 산업과 함께 제주인의 소득증대에 크게 이바지해 왔다. 기후 변화에 따라 제주 환경에 맞는 품질개선 작물 연구가 절실한 입장이다.

기존 농민들은 점차 고령화되고 있는 가운데 자식들이 힘든 농사를 기피하는 현실이다. 점차 기온이 상승함에 따라 감귤 농사도 서서히 북상하여 재배되고 있다. 제주 감귤 농사에 위기의 시대가 도래되고 있는 안타까운 실정이다.

나는 시골에서 자랐으나 직접 농사를 지어본 경험은 없다. 농사짓는 것도 철학이 있어야 한다. 특히 감귤 농사는 한두 해 지어보고 전부를 알 수 없기 때문에 상당한 기간 나무에 애정을 주며 함께 해야 한다. 식물은 좋고 싫은 표현을 할 수 없기에 항상 가까이서 지켜보며 정성을 들여야 튼튼하게 자라 풍성한 열매를 맺는다.

새벽을 여는 사람들과 함께한 시간을 반추해 본다. 오래전 제주 시내 모 동사무소에서 동장으로 근무할 때다. 쓰레기 수거 차량에 동승하여 미화원들과 새벽 5시부터 작업에 나섰다. 당시는 음식물과 일반쓰레기가 분리되지 않은 상태로 집 앞 공터에 놓아두었다. 여름철에는 냄새가 코를 찌를 정도였지만, 주어진 임무를 다할 수밖에 없다. 시내 중심지 동이어서 식당이 많아 배출량이 상당했다. 거리를 청소하는 미화원들도 같은 시간에 현장에서 빗질로 하루를 연다. 제주가 전국에서 가장 깨끗한 거리를 자랑할 수 있는 것도 그들의 노력과 시민 정신이 합쳐졌기에 가능한 일이다.

현장을 직접 체험해 보아야 그들의 노고를 알 수 있다. 처음으로 맡아본 지역 기관장 자리였다. 수시로 돌아다니며 지역 대표를 만나 해결해야 할 사항을 파악해 나갔다. 평소 부지런함을 신조로 하다 보니 주저할 것이 없었다. 일선 행정은 현장에 답이 있다. 새벽에 별을 보며 걸었던 길이 반짝였다.

십여 년 전에 별을 보며 걸었던 길이 반짝거린다. 말레이시아 보르네오 섬에 위치한 키나발루 산(4,095m)은 동남아 최고봉이다. 새벽 2시 30분에 등반이 허용된다. 아침 일출을 보기 위해 전날 인근 산장에서 머문다. 국가 정책에 따라 천혜의 자연을 보호하고 있어서 하루 등반할 수 있는 인원이 150명으로 제한한다. 한 덩어리 화강암으로 형성된 광대한 산이다.

열대지방 특성인 국지성 소나기가 몇 시간 전까지 내린 것 같다. 나뭇잎은 물기가 품고 있었고 등반로 가장자리에는 골을 따라 물이 흐른다. 물기를 메달고 있는 화강암 길은 무척 미끄럽다.

한 치 앞도 분간하기 어려운 상황은 머리에 얹힌 랜턴과 손에 쥔 소형 전등에 의지한다. 시간이 갈수록 경사가 심하다. 숨이 점점 더 거칠어 졌다.

힘든 걸음 한 발 한 발 속에 지나온 삶을 되돌아보며 많은 생각을 하게 한다. 고지가 높아질수록 별이 손에 잡힐 듯 머리 위에서 춤을 춘다. 올라오며 반짝거리는 전등 불빛이 이색적이어서 눈길이 오래 머물렀다.

한 번도 경험해 보지 못한 고산 등산에 마음 한구석에 불안감이 커졌다. 무사히 정상을 밟을 수 있을까 하는 생각 때문에 발걸음이 무겁다. 어금니를 깨물며 독하게 마음을 다독인다. 본인의 선택한 길이기에 어려움을 스스로 극복해야 한다. 그래야 값진 보람이 된다.

사람들은 왜 힘든 새벽 등반을 마다하지 않는가. 위험을 등에 업고 함께 걷는다. 그 정상에 희망봉이 있을까. 3,500고지를 넘으면서 한두 사람씩 고산증세로 구토하며 길옆에 주저앉는다.

각자의 인생길에는 숱한 사연이 있다. 나의 인생길도 평지보다 거칠고 험한 길을 걸었지 싶다. 이젠 정상에서 내려오는 하산 길을 걷고 있다. 그간 몇 차례의 닥친 고난 길을 굳은 의지로 개척하다 보니 단단한 길이 되었다. 남은 하산 길에도 예기치 않은 돌길을 만날 수 있을지 모른다. 건강이 지켜줄 때 어떤 길도 두렵지 않게 걸을 수 있을 거다.

새벽에 보았던 수많은 별빛은 내가 걸어가는 길에 밝은 등불이 되고 있다.

4

산이 말하다

정상에서
맛보는 쾌감은
늘 새롭다.
시원한 바람도 환영해 준다.

자연은 말을 하지 않지만,
자연 앞에서 순응하고
겸손 하라고 일러준다.
한 덩어리의 추가 가슴을 누르고 있다.

안나푸르나 가는 길
역경
산이 말하다
하얀 세상
여명의 산행
낯선 길
지나간 자리는 길이 되었다
협곡에 빠지다

안나푸르나 캠프에서
정상을 배경으로

안나푸르나 가는 길

산은 우리에게 희망을 안겨 준다. 어떤 산행 계획이 세워지면 그 때부터 마음이 설렌다. 부푼 기대와 함께 무사한 산행을 기원한다.

이번 산행의 목표지점까지 오르려면 하루에 걸어야 하는 계획된 거리가 있다. 오르막과 내리막이 반복되는 험난한 길을 엿새 동안 걸어야 한다. 일행에 뒤처지지 않으려고 몇 개월간의 훈련이 이어졌다. 그 결과 이번 산행에 오르는 것이다. 오래전부터 산과 친하게 지 낸 것은 큰 도움이 되었다.

현지 가이드는 맨 앞에서 천천히 우리를 인도하였다. 휴식을 취 할 때마다 고산병을 예방하기 위해 물도 조금씩 마시며 체력을 안배

하였다. 네팔의 열악한 항공기 사정으로 카트만두에서 늦게 출발하는 바람에 첫날밤을 보낼 숙소에는 어둠이 내린 뒤에 도착했다. 산장은 여건이 좋아 잠자리에 불편함이 없었다.

거칠고도 광활한 산맥, 히말라야 중부에 줄지어 서 있는 풍요의 여신인 안나푸르나로 떠났다. 인천공항을 출발하여 도착한 다음 날 관광도시 포카라로 향했다. 그곳에서 차량이 더 들어가지 못하는 마을까지는 버스와 지프로 이동하였다.

도보 여행이 시작되는 곳에서 첫 투숙지가 위치한 산장을 향해 발걸음을 내디뎠다. 계단식으로 이어진 다랭이논을 사이에 두고 산골 마을이 나타난다. 날씨가 맑아 멀리 안나푸르나 남봉과 히운출리의 하얀 봉우리가 펼쳐진다.

첫 숙소인 해발 2,170m의 촘롱Chomrong마을은 네팔의 여러 종족 중 하나인 구릉 족의 터전이다. 우리와 닮은 구릉 족은 몽골계 혈통으로 안나푸르나의 협곡 비탈진 곳에 빽빽하게 계단식 밭을 일구어 왔다. 특유의 친화력과 생활력으로 삶을 일궈 온 구릉 족은 순박한 웃음을 여행자들에게 건넸다. 그곳에는 한국어 간판도 있을 만큼 한국 여행자가 많이 찾는 곳이다.

촘롱에서 시누와Sinuwa까지는 깊은 협곡을 지나는 산행이다. 거친 호흡을 가다듬으며 걷다 보니 계곡의 하부와 경사진 길을 넘고 오르기를 반복한다. 고도가 높아질수록 숨은 막혀 왔지만 믿을 것은 오직 나의 정신력과 발뿐이었다. 길가에는 이름 모를 야생화가 우리에게 웃음을 나눠준다. 무딘 발걸음이 가볍게 느껴졌다.

안나푸르나의 산행은 힘든 곳이다. 아침에 숙소를 떠나면 온종일 걷는다. 도보 여행의 기점인 마을마다 자리잡은 호텔 겸 레스토랑인 산장은 여행자들의 숙소였다. 현지인에게는 소득이 되는 생활 공간이면서 여행자들에게는 몸을 누이고 내일을 준비하는 곳이다.

산행할 때는 등반객의 인원에 따라 네팔에서 지정한 포터와 요리사들이 언제나 동행한다. 이들은 지정된 짐을 나르고 등반객의 식사를 책임진다. 3,000m에 진입하자, 고산증세 영향으로 피로함을 호소하는 사람들이 나타나기 시작했다. 약을 먹고 천천히 걸으며 참아야 한다. 최종 목적지인 안나푸르나 베이스캠프에서 가까운 3,700m에서 하루를 쉬었다.

안나푸르나의 깊어가는 밤하늘 아래 아름다운 모습이 펼쳐진다. 영롱하게 빛나는 별들이 내 어깨 위로 내려앉는다. 내가 누워있는 이곳은 지상에서 하늘과 가까운 곳이다. 옛날 사람도 이곳에 왔을 테다. 그 훨씬 이전에는 어쩌면 신과 동물만 어우러져 살던 지상 낙원이었을 것이다. 이런 험지에 수많은 사람은 찾아와 무엇을 바라고 빌었을까.

날이 밝았다. 산행의 최종 목적지이며 성지聖地라 불리는 해발 4,130m의 안나푸르나 베이스캠프에 도착했다. 도전하는 자만이 대자연의 아름다운 풍광을 눈과 마음에 담고 간다. 마침내 고대하던 꿈의 자리에 섰다. 세상 천하가 내 발아래 있는 듯했다. 목표지점을 정복하기까지는 어려웠던 시간을 이겨냈기에 가능한 일이다. 높고 험한 산일수록 넘어야 할 장애물도 많이 만나게 된다.

감명깊게 맞이한 성지이다. 요동치는 벅찬 감동을 오래오래 눌러두었다. 여러 차례 높은 산을 정복해 보았지만, 이번처럼 가슴 뭉클한 기억은 없다. 산행하게 된 기회도 행운이었고 무사히 정복할 수 있어서 감사했다. 혼자서는 엄두를 못 낼 일이다. 다시 찾아오겠다는 기약을 하기가 어려운 곳이다. 안나푸르나 남봉과 마차푸차레 등 만 년 설산이 가까이 서 있다. 거대한 설산 군락이 파노라마처럼 펼쳐졌다.

양지바른 언덕에는 대한민국의 자랑 故박영석 대장과 제주 출신 故신동민 산악인의 추모비가 세워져 있다. 그들도 처음에는 추모비로 남을 줄은 예상도 못 했으리라. 영혼이 머무는 추모비 앞에 머리 숙여 삼 배 올렸다. 한국 산악인의 도전정신을 가슴에 담았다.

내려가는 길도 만만치 않다. 이루어냈다는 성취감을 뒤로하고 하산 길에 접어들었다. 가파른 길과 비에 젖은 돌길은 언제나 위험이 도사리고 있어 늘 조심해야 했다. 온 정신을 집중하며 걸었다. 촘롱까지 이어지는 2,300여 개의 돌계단을 오를 때는 휴식을 취하며 걸어도 힘이 든다. 누구의 도움도 받을 수 없고 줄 수도 없이 스스로 이겨내야 한다.

비 내리는 촘롱 산장에서 마지막 밤을 위한 만찬이 있었다. 그간 우리에게 도움을 준 고마운 분들과 함께하는 추억의 자리였다. 요리사는 현지 음식도 몇 가지 만들었으나 대부분 한식이었다. 그들의 도움으로 즐겁고 안전한 산행이 되었다. 주어진 일에 책임과 보람을 느끼며 건강하게 보이는 네팔 사람들의 모습은 때묻지 않은 천사 같았다.

집으로 가는 길은 멀고도 험하다. 자연의 장엄함 앞에서 마음이 겸허해진다. 지금까지 내가 만나왔던 수많은 이야기는 대자연에서 비롯됐다. 인생의 도전도 발로 내딛는 것 말고는 없다는 사실을 깨닫게 될 때 나 자신과 싸움을 포기할 수 없었다. 천천히 걸으며 생각하니 지난 삶의 여정도 힘들었다. 이런 험한 산길처럼 힘들게 오르고 또 올랐던 것이 지금은 보람으로 남는다.

긴 여정에서 만났던 순간들이 주마등처럼 스쳐 지나간다. 길 위에서 많은 일을 깨달았다. 제2의 인생을 맞이하는 시점에서 또 다른 방향으로 나아갈 튼튼한 길이 되리라.

| 2019년 4월. 수필과 비평

역경

한라산 허리를 감싸 안은 흰 구름이 한가롭게 놀고 있다. 깊은 계곡에서 솟아오른 구름은 서로 다정하게 소곤거린다. 자주 볼 수 있는 풍경이 아니다. 시내에서 바라본 한라산이 깨끗하고 산뜻하다. 오전에 비가 내린 뒤여서 뜨겁게 달구어진 8월의 대지는 잠시 휴식을 취했다. 짙은 녹음은 산야를 푸르고 푸르게 색칠했다. 서서히 서쪽으로 시간의 풍경이 흐른다.

한라산처럼 높은 산을 등반할 때는 보통 아침 일찍 서두른다. 이번 한라산 등반은 초저녁에 출발하여 중턱까지 올라가는 낯선 일정이다. 십여 일 후에 G 산악회 회원들과 함께 동남아시아의 높은 산 등정을 위한 훈련이다.

오후 늦게 산악회원 등 열두 명은 관음사 코스를 출발했다. 실전처럼 15kg가량의 배낭을 메고 산악 훈련에 참여했다. 등산로로 들어서는가 했더니 곧바로 길 없는 숲속으로 들어갔다. 장거리 야간 산행뿐만 아니라 정규 등산코스를 벗어난 산행은 처음이라서 불안했다. 경험 많은 산악인들과 동행했지만, 마음을 놓을 수 없었다.

첫 계곡을 벗어나자 태양은 서산으로 들어가고 어스름이 서서히 주위를 삼켰다. 산속은 어둠과 동시에 사위어 갔다. 일행들은 어둠을 밝히기 위해 이마에 헤드 랜턴을 착용하고 안전한 야간 산행을 위한 준비를 마쳤다. 오늘 밤 올라야 할 목적지까지는 네다섯 시간 소요되는 거리여서 어둠이 변수다. 맨 앞에 선 리더가 GPS(전 지구 위치 파악 시스템)에 의지하며 길을 찾으면 일행은 그 뒤를 따랐다.

불규칙하게 솟은 돌부리에 걸려 몇 차례 넘어졌다. 양손에 잡은 스틱으로 균형을 잡아보려 했지만 여의치 않았다. 밤이라서 그런지 조릿대 서식지를 헤쳐나가는 구간에서 소나기 내리듯 요란하게 들려왔다. 숲속에 널려있던 나무 둥치와 가시에 긁혀 종아리에 약간의 상처와 피멍도 들었다. GPS로 길을 찾아도 어둠으로 한 치 앞도 분간할 수 없어 헤매었다. 비를 머금어 미끈거리는 돌과 보이지 않는 구덩이 등 예기치 못한 상황은 이곳저곳에서 도사리고 있었다.

순간 방심하였다. 앞사람이 지나가다 흔들린 소나무 가지가 바로 뒤를 따르던 내 오른쪽 눈을 스쳤다. 스친 눈부분은 여러 번 물로 씻어도 불편함이 가시지 않았다. 그나마 큰 상처가 아니라 천만다행이었다.

어둠은 내일을 기다리는 여정이다. 일행들은 어둠을 뚫기 위해 고생을 당연시 여겼다. 이는 한치의 앞도 보이지 않는 산행에서 작은 랜턴에 의지하여 자신들만의 상상력을 현실로 만들어 가는 과정으로 보였다. 그들에게는 살아있다는 증거일 것이다. 그것을 확인하기 위해 나아가는 발걸음은 어둠에 도사리는 장애물도 일행들에게는 문제가 아니었다.

자정 무렵에야 하루의 여정이 끝났다.

며칠 후 해외에서 만날 산은 4,000m 높이인 암산巖山이다. 그래서 일전에 밧줄 타는 암벽 등반과 이번 야간 산행의 험악한 훈련도 참여한 것이었다. 사람은 힘든 고비를 넘겨야만 더 성숙해지듯이 이렇게 힘들고 위험한 일을 자청한 이유일 것이다. 나이가 들수록 몸과 마음이 약해져 가는 자신에게 활력을 불어넣기 위해서 때론 견딜만한 역경도 필요하다. 그것을 이겨내다 보면 나를 더욱 튼튼하게 만들며 삶에 보람과 희망을 얻을 수 있다. 나이가 들수록 같은 취미, 같은 생각을 하는 사람이 주변에 많을수록 좋을 듯싶다.

같은 꿈을 공유하는 사람들과 함께 극한 상황을 극복하면 자신감이 생기고 동료애가 더 강해진다. 그러면 더 힘든 상황이 오더라도 서로가 기운을 주고받으며 보람을 함께 나눌 수 있다. 혼자보다 여럿이 함께하는 산행은 협동과 희생정신으로 충만하여 삶이 소중해진다. 함께 동고동락했던 시간은 진한 추억으로 남는다.

이튿날 보슬보슬 내리는 빗소리에 눈을 뜨자 새벽 5시였다. 다시 힘든 산등성을 한참 올라야 했다. 1시간 남짓 오르니 나뭇가지 사이로 소백록담(물가마 왓)이 살며시 보여준다. 1,600m 고지의 물에 자생하는 식물과 주변의 나뭇가지가 한데 어우러져 놀고 있다. 물이 가득 차 있는 신비스러운 풍광에 탄성이 절로 났다. 아무나 쉽게 찾을 수 없는 곳이었기에 그 감동은 더했다.

높은 산은 언제 어떻게 변할지 모르는 변덕쟁이다. 하산길은 비옷까지 겹쳐 입으니 걷기가 여간 불편한 것이 아니다. 비를 머금은 비탈에는 언제나 위험이 도사리고 있어 하산길은 평소보다 더 조심해야 했다. 한여름에도 비를 많이 맞으면 저체온증이 올 수 있다. 허기가 심하면 위험한 상황에 부닥치고만다. 산행은 안전을 확인해도 언제나 위험이 도사린다. 경험 많고 자주 오르는 산이라고 안심할 수 없다.

산 사람처럼 산에서 많은 경험을 했던 사람은 전혀 예기치 못한 일들이 발생해도 흔들림 없는 지혜를 발휘한다. 경험이 많다는 것은 이미 두려움의 존재를 알고 사전에 두려움의 요소를 제거할 줄 아는 지혜를 터득했다는 증거일 것이다.

세상은 하루가 다르게 변하고 있듯이 힘든 산행을 이겨내어 목표를 정복했다는 자신감은 긍정적인 힘이 생긴다. 역경의 길을 걸어보면 나를 단련시키고 끈기와 인내의 길을 나갈 수 있도록 이끌어준다. 그 힘이 모여 더 멋진 내일을 만들어나갈 터이다. 며칠 후면 또다시 동남아시아의 높은 산 정복을 향한 나의 도전이 시작된다.

그동안 많은 산을 오른 경험이 있지만, 해외 산행이라는 여정에 가슴이 설렌다. 붉게 떠오르는 태양을 마음속에 담고 오련다.

| 2023년 6월. 제주문학

산이 말하다

품 넓은 산은 생명을 많이 품는다. 그 속에는 많은 종류의 풀과 나무가 자란다. 새를 비롯한 온갖 크고 작은 동물까지 산을 의지하며 저마다 평화로운 삶을 유지한다. 산속의 생명은 사시사철 변하는 자연에 순응하며 본능적인 감각으로 자신을 보호한다.

연수 과정의 한 분야로 인제군 기린면에 있는 장애인 복지시설 '애향원'에서 반나절 봉사활동을 했다. 내가 맡았던 장애인은 일 년 전에 어머니가 세상을 떠나게 되자 시설에 들어 온 열여섯 살 소년이었다. 언어 소통이 어려울 뿐만 아니라 신체도 자연스럽지 못했다. 10여 년 전, 동장으로 재직하고 있을 때 지역에 있는 지적장애인 시설의 친구들에게 봉사했던 모습이 겹치면서 가슴이 더 아렸다.

먼저 10여 명이 머무는 공간을 말끔히 청소하고 난 후, 그 친구와 손잡고 주변을 산책하는 시간을 가졌다. 산자락에서 내려오는 시원한 바람은 그들에게 움츠렸던 몸과 마음이 열리고 그 틈에 우리는 하나가 되었다. 꽃과 나무 이름을 알려주며 함께한 시간은 가식 없고 해맑은 표정이 너무 순수했다. 지적장애는 있지만, 삶의 힘든 과정을 이겨내는 모습을 보며 거꾸로 내가 치유를 받는 느낌이었다. 야외산책이 끝나자 그들과 함께 샤워하고 몸을 씻겨 주는 것으로 봉사 시간을 마무리했다.

강원도 인제군의 진산, 기룡산을 찾았다. 용이 일어나는 모습이라 하여 불려졌다. 예전부터 알고 지내던 L형이 인제군 부군수로 재직하고 있었다. 그와 함께 내일 인제에 있는 방태산 자연휴양림 계곡에서 인제군청 오지 탐방 팀과 수중 도보여행할 계획 때문에 하루 더 머물게 되었다. 오후는 여유 있는 시간이었다. 서너 시간이면 다녀올 수 있는 기룡산을 동행하고 있는 Y와 오르기로 했다.

초입부터 경사가 심하고 바람 없는 8월 중순의 햇볕에 땀방울로 온몸을 목욕시켰다. 산 중간에 설치된 전망대에서 내려다보이는 읍내는 평화롭기 그지없다. 날씨가 쾌청하여 멀리 원통마을까지 보이고 뒤에는 큰 병풍으로 둘러싼 것처럼 높은 봉우리의 웅장함에 탄성이 절로 났다. 정상으로 올라가는 길에 샘터를 만났다. 물 한 바가지 떠서 시원하게 마신 후 정상을 향해 발걸음을 재촉했다.

정상에서 맛보는 쾌감은 늘 새롭다. 시원한 바람도 환영해 준다. 사람들은 늘 새로운 길을 동경한다. 올라왔던 길과 반대편 백련정사 쪽이 비슷하다고 안내판에 그려졌다. 사찰이 있으니 교통편도 많으리라 생각했다. 등산로를 따라 이삼십 분을 내려갔다. 내려갈수록 길이 좁아지며 잡풀로 덮여 점점 희미해져 갔다. 이곳은 지난달 태풍으로 인해 심하게 훼손되었지만, 등산객이 없다 보니 정비가 되지 않았다. 그간 산에 다니면서 얻은 얕은 상식을 믿고 계속 앞으로 갔다.

없어진 길옆으로 계곡이 있었다. 그 계곡을 따라 내려가면 큰길이 있을 것이라는 믿음뿐이다. 가시덤불과 수풀을 헤치고 쓰러진 고목을 넘으며 사투를 벌이기 시작했다. 어느 지점에 이르자 완전히 길을 잃었음을 직감하게 되었다. 그때부터 머릿속에 하얀 안개가 끼면서 불안감이 커졌다.

그는 평소에도 무릎이 편치 않아 설상가상이었다. 신체가 왜소한 나는 굽어서 통과하는 곳도 Y는 큰 체구 때문에 걸리고 부딪치며 힘들어했다. 깊은 산속이라 통신이 마비되어 도움을 요청할 수가 없었을 뿐만 아니라 동서남북 분간이 안 되었다. 나중에 안 사실인데, 강원도 산골은 휴대전화가 되지 않는 곳이 많다고 했다.

우리는 계곡을 따라 한참을 내려갔다 올라오기를 거듭했다. 조난할 수 있다는 긴장감이 머릿속에 맴돌았다. 땀으로 범벅이 된 몸은 심한 갈증을 느낄 때마다 흐르는 계곡물로 해결하였다. 먼 곳에 능선이 보였다. 지친 몸을 이끌고 꼭대기에 도달하였으나 역시 사방 분간이 어려웠다.

다시 천천히 계곡으로 내려왔다. 경사가 심하다 보니 미끄러지기가 다반사다. 만약 부상을 입게 되면 그곳에 주저앉게 된다. 산속은 어둠이 빨리 찾아온다. 초조하고 불안한 마음에 극한 상황까지 생각하게 한다. '아, 이러다 조난 당하는구나!'하는 생각이 머릿속에 맴돌았다. 계절이 여름철이라는 것 외에 희망이 보이지 않았다.

Y는 쓰러진 나뭇가지에 부딪혀 무릎에서 피가 흐르고 더는 걷지 못하겠다며 멈춰 섰다. 내가 부축하고 내려갈 형편도 아니었다. 시간은 빠르게 흘러갔지만, 잠시 휴식을 취해야 했다. 서로를 격려하며 다시 앞으로 나아가자 두 갈래에서 합쳐지는 큰 하천에 이르렀다.

너무 지쳐서 둘이는 그 자리에 주저앉고 말았다. 주변에는 낚시했던 흔적과 불을 지폈던 자리, 그리고 자동찻길로 이어지는 오솔길이 보였다. 사위는 어둠으로 깔렸다. 마침 산 쪽에서 내려오는 자동차 불빛이 보였다. 무조건 길을 막고 자초지종을 이야기하자 탑승을 허락했다. 구세주를 만난 기분이었다.

산에는 자연의 이치가 분명하듯 산속의 생명도 자연에 순응하며 살아간다. 우리는 산을 얕잡아 너무 쉽게 덤빈 것이 화근이었다. 보잘것없는 풀 한 포기, 작은 산새 한 마리도 나름의 지혜를 갖고 삶을 이어간다. 지역 산세도 모르는 형편에 무리한 행동으로 인하여 등골이 오싹할 정도로 위협을 느낀 시간이었다.

지적장애 친구들과 만남에서 그들의 닥친 난관과 역경을 견디는 힘을 보았다. 자연은 말을 하지 않지만, 순응하고 겸손하라고 일러준다. 한 덩어리의 추가 가슴을 누르고 있다.

| 2021년 12월. 수필과 비평

하얀 세상

희미한 어둠 속에 눈길을 걷는다. 무사히 다녀올 수 있을지 염려스럽다. 최근 몇 년 동안 적설기에 한라산 정상을 다녀왔다. 작년에는 적설량이 적어 못 올라갔지만, 올해는 많이 쌓여 다시 찾았다. 언제 보아도 새로운 모습이다.

오래전부터 좋은 인연으로 만나 형 아우로 지내고 있는 L형이 있다. 강원도에 살고 있어 많은 산과 설경을 보았음에도, 버킷리스트 중의 하나가 한라산 설경을 보는 거였다. 한라산 정상을 여섯 번이나 등정했지만 설 등산은 한 번도 해보지 못했단다. 몇 년 전부터 계획했으나, 적설량 관계라든지 갑작스러운 일정 때문에 추진하지 못하였다. 작년에도 비행기 표와 숙박 예약까지 했는데 적설이 없어 일정을 취소한 바 있다. 올해는 다행히 설경을 볼 수 있는 상황이어서 오르고 있다.

어둠이 깔린 새벽인데 성판악 주차장에는 많은 등산객이 먼저 와 있다. 우리 일행 4명은 QR코드로 본인 확인 후 한라산 눈길 등정이 시작되었다. 천혜의 자연인 한라산 보호를 위하여 성판악 코스로는 하루에 1,000명, 관음사는 500명으로 입장을 제한하는데 사전 예약제로 운영되고 있다. 특히, 코로나 사태로 한라산 설경 등산이 인기를 끌면서 사전 예약도 쉽지 않는 형편이다.

초록 잎 위에 눈 쌓인 모습이 장관이다. 등산로 양옆으로 즐비하게 서 있는 굴거리나무 숲을 걷다 보면, 또 다른 삼나무·구상나무 길로 이어진다. 잎을 떨어뜨린 서어나무에 기생하는 겨우살이가 마침 노랑·빨간 열매를 맺고 있어 앙증맞다. 군락지인 듯하다. 물건을 실어 나르는 모노레일 위에는 1m 이상의 눈이 쌓였다. 속밭 대피소에는 많은 등산객이 휴식을 취하고 있다. 한번 쉬어 가는 곳이다. 청명한 날씨는 신의 내린 선물이었다.

사라 오름 입구에 이르렀다. 굼부리 형태의 사라 오름은 산정호수로서 백록담 다음으로 높은 곳에 있다. 많은 비가 왔을 때는 백록담보다 더 많은 물을 품는다. 제주도에는 360여 개의 오름이 분포되어 있다. 오름은 산·봉·악 등 다양한 이름으로 불리는데, 저마다의 매력과 존재감을 자랑하고 있어 애호가들이 즐겨 찾는다.

눈이 쌓여 있어 걷기가 수월하다. 다른 계절에는 울퉁불퉁한 현무암 돌길을 걸어야 한다. 점차 경사가 심해진다. 앞뒤에서 헉헉거리는 소리가 들렸다. 힘들고 지쳐올 즈음 숲길을 벗어나자 시야가 확 트인다. 진달래밭 대피소다. 휴식을 취하는 사람들로 장사진을 이루었다. 광장 하얀 카펫 위에 다양한 복장의 인파가 주변 경관과 조화를 이루어 보기 좋다.

백록담 정상을 향하여 걷고 또 걷는다. 고지가 높아 갈수록 가파르다. 한 걸음 한 걸음이 보태져야 정상에 이를 수 있다. 정상에 도전할 수 있다는 자산감과 체력이 받쳐 주고 있어 다행이다. 나이가 들어가면서 체력이 큰 재산이라는 생각을 하니 새삼 소중함을 느낀다. 지름길은 없고 꾸준한 자기관리만이 답이다.

해발 1,700m 지점부터 경사가 심하고 다리가 무거워진다. 일행은 말수가 적어지고 거친 숨소리만 주위에 감돈다. 힘든 발걸음을 옮길 때마다 생각이 깊어지고 지나온 삶을 되돌아보게 한다. 성찰의 시간을 갖는다. 겨울 날씨인데도 바람 한 점 없고 하늘이 청명하여 조망도 좋다. 정상에 도달하면 백록담과 주변 경관을 볼 수 있다는 기대에 마음이 먼저 앞장선다.

눈이 많이 왔을 때 이 곳의 구상나무는 온몸을 하얀 옷으로 치장한다. 신비스러운 비경이 발걸음을 멈추게 한다. 그 속을 걷는 사람은 동화 세계에 빠지는 주인공이 된다. 이런 극치를 한 번 맛보게 되면 다시 찾고 싶은 마음이 머릿속에 항상 남게 된다. 나는 마음만 먹으면 언제든지 찾을 수 있는 여건이 되어 자랑스럽다. 하얀 세상에 다녀오면 몸과 영혼이 깨끗해진다.

마지막 언덕길을 오른다. 지금부터가 힘든 지옥의 계단이다. 백두산과 한라산을 아버지 산과 어머니 산으로 곧잘 비유한다. 아버지의 근엄함을 느낄 수 있는 장엄함과 투명한 천지의 물, 산세가 부드럽고 험하지 않아 어머니 품처럼 포근한 백록담을 두고 하는 말일 게다.

눈 덮인 정상이다. 작은 가슴으로 넓은 백록담을 품는다. 하얀 한복을 곱게 차려입는 어머니가 넉넉한 품을 모든 이에게 내어준다. 마음이 포근하다. 백록담은 언제 보아도 새로운 느낌으로 다가온다. 계절 중에서도 겨울에 더 많이 찾는 아유는 순백의 백록담을 보기 위해서다. 눈 덮인 하얀 세상을 즐기려 힘들지만 찾는다. 세상을 모두 얻은 느낌이 든다. 이렇게 맑은 날을 만나기도 쉽지 않다.

30여 년 전, 시청 산악 동호회에서 활동할 때 처음으로 설 등반을 했다. 그전에는 눈 쌓인 겨울 산하면 위험과 두려움이 앞서 선뜻 나서질 못했다. 한번 본 후로는 그 세계가 자주 그려져 갈망하게 되었다. 어느 해에는 겨울철 매주 토요일마다 올랐으나 백록담을 본 것은 4번 중에 1번뿐일 정도로 날씨가 변화무쌍하다. 하절기에도 종잡을 수 없는 산이기에 늘 여벌 옷과 간식을 배낭에 남겨두곤 한다. 바람이 심하게 불어 한 치 앞도 나갈 수 없을 때는 과감히 오르기를 포기하고 내려온다.

많은 등산객은 눈 쌓인 백록담을 배경으로 추억 담느라 분주하게 움직이고 있다. 눈길 위에 형형색색의 복장이 패션쇼를 하는 무대 같다. L형의 두 뺨에 발그레하게 상기된 모습이 아름답다. 꾸미지 않은 자연스러운 얼굴이 곱다. L형이 좋아하고 만족해하는 모습을 보니 내 마음도 흐뭇하였다.

힘들게 정상에 올라 쌓인 눈을 보면 눈만 호강하지 않았다. 마음에 든든한 덩어리를 담고 와서 힘들고 어려울 때 자신을 이끌어줄 에너지로 쓴다. 정상에 오를 때마다 끈기와 인내의 열매를 한 아름 담고 온다. 언제까지 하얀 드레스를 입은 백록담을 볼 수 있을까.

하산은 관음사 코스다. 산행은 오르는 것보다 내려오는 데 더 조심해야 한다. 우리네 인생도 비슷하리라. 이 코스는 계곡이 깊고 산세가 웅장하여 한라산의 참모습을 보여준다. 잠시 눈 속에 잠들면 포근할 것 같은 느낌을 준다. 그러기에 힘들지만 찾는 곳이다.

정상에서 조금 내려온 곳에 구상나무 군락지가 있다. 많은 구상나무가 고사 된 상태로 태어난 자리에서 순백의 꽃을 피우고 있다. '살아 천 년, 죽어 천 년.'이라더니, 고사한 나무지만 햇빛을 받아 더욱더 빛나고 있다. 한라산의 보고이기도 한 구상나무 숲이 사라지고 있는 현실이 안타깝다. 복원에 힘을 모으고 있어도 쉽지 않은 상황이어서 더욱 애잔한 마음이다.

무릎까지 쌓인 흰 눈이 뽀드득뽀드득 밟힌다. 소리가 천상의 음악 같다. 발걸음이 가볍다. 내려오는 길에 많은 것을 생각하게 한다. 지금까지 삶의 현장에서 경쟁하며 누군가에게 상처를 주지 않았는지 욕심이 심하여 남에게 피해는 없었는지 뒤돌아본다. 이제 마무리하는 삶에 접어들었으니 모든 것을 갈무리하며 치유하고자 한다.

서산에 지는 노을을 지긋이 바라보며 걷고 있다. 인생의 무거운 짐도 차츰차츰 벗어 놓으련다. 저무는 노을빛이 아름답듯이 나이 듦에 무게를 두고 싶다. 몸과 마음이 하얀 세상을 향해 날갯짓한 하루였다.

| 2023년 3월. 수필과 비평

여명의 산행

떠오르는 아침 해는 희망이다. 찬란하게 솟아오르는 일출은 오늘의 희망이고 서산 너머로 곱게 물드는 노을은 내일의 꿈이다. 그 빛은 누구에게나 골고루 주어지지만, 받는 사람의 선택에 따라 의미가 달라진다.

살아가면서 많은 일출 장면을 보게 된다. 우연히 보기도 하지만, 가슴속에 깊이 새겨질 영상을 남기기 위해 힘든 노정路程을 마다하지 않는다. 어제 보았던 아침 해가 오늘 본 것과 다르듯이 꼭 같은 모습은 없다. 우리의 삶도 그와 같다. 변화가 있어야 희망이 있다. 영혼을 깨우는 힘찬 일출은 보는 시간에는 날개가 돋는듯 하다.

동호회원과 함께 일출을 담기 위해 도전 길에 나섰다. 삼대가 덕을 쌓아야 해돋이를 볼 수 있다는 지리산 천왕봉을 찾았다. 철쭉꽃이 반발한 오월 중순, 넘실대는 푸른빛이 온몸을 감싼다. 좋은 계절이다. 건강한 에너지가 느껴지는 사람과 동행이라 힘차다.

새벽 4시, 천왕봉을 향해 벅찬 발걸음이 시작되었다. 중간 지점인 법계사法界寺에 들러서 간절한 마음으로 두 손을 모았다. 처음으로 도전하는 이들에게 찬란하게 떠오르는 아침 해를 볼 수 있도록 자비를 베풀어 주시옵소서.

짙은 어둠의 시간이 지나자 주위가 서서히 붉어진다. 황금비단을 펼쳐놓은 듯 바람에 흔들리며 우주를 덮는다. 눈을 감고 합장하여 저마다의 소원을 빌었다.

솟아오르는 일출을 두 팔 벌려 품에 안았다. 일행들이 한꺼번에 모여들었다. 쾌청한 날씨도 우리 편이었다. 정상의 좁은 공간 때문에 오래 머물 수도 없었다. 쌀쌀한 새벽 기온이 걸음을 재촉했다. 다음을 기약할 수 없어도 희망을 안고 내려오는 발걸음은 가벼웠다.

처음으로 도전하는 산을 마주할 때 늘 설렘이 있다. 붉은 태양이 이글거리는 8월 중순, 말레이시아 사바(바람 아래 신의 주신 땅)주에 있는 키나발루산(4,095m)으로 산행하러 갔다. 섬에 이렇게 높은 산이 있다는 것도 신기하다. 따뜻한 동남아 지역 기온에서 화려하게 핀 각양각색의 꽃들이 우리를 반겨 준다. 세계 자연유산에 등록된 울창한 원시림에 자주 눈길이 머문다. 특히 벌레를 잡아먹는 식충식물인 레펜 테스는 특이했다.

산은 일행에게 세찬 비를 한차례 선사했다. 등산로를 따라 중간마다 20여 명이 대피할 수 있는 시설이 있다. 열대지방 특성인 국지성 소나기를 피할 수 있는 곳이다. 국립공원 내에서는 반드시 산장에 머물러야 하고 그 인원도 철저히 제한한다. 관리와 운영이 잘 이뤄지고 있다. 비좁은 산장에서 짧은 시간 잠시 눈을 붙였다.

새벽 2시 30분, 정상 등반이 허용되는 시간이다. 간밤에 많은 비가 내려서 등산로에는 물이 흐른다. 사위가 온통 깜깜하다. 오직 랜턴에 의지하여 조심조심 미끄러지지 않게 한발 한발 옮긴다.

한 덩어리로 된 암산이어서 조금만 실수해도 밑으로 굴러떨어질 것 같아 불안했다. 아슬아슬한 순간은 조각배에 앉아 노를 저으며 거친 풍랑을 헤쳐 가는 것 같아 가슴 조였다. 뒤에서 올라오는 사람들이 반짝반짝 비춰주는 불빛이 신기할 정도로 반딧불이 같다. 높은 곳에서 내려다보니 길게 늘어진 빛은 또 다른 세상의 길을 만든다.

하루의 시작인 여명黎明이 빗장을 푼다. 4시를 넘기면서 3,500 고지까지 올랐다. 여명으로 인해 주변에 있는 높은 봉우리들이 희미하게 다가온다. 바위에 의지하여 괴로워하는 사람들이 가끔 눈에 보인다. 고산증세로 구토를 하는 사람도 여럿이다. 조금 후 우리 일행 중에 두 사람도 힘들어하며 뒤로 처졌다. 걱정이 앞섰다. 낙오자가 발생하게 되면 단체행동에 지장을 주게 된다. 앞에서 끌어주고 뒤에서 밀면서 걸음 속도를 늦추었다.

왜 이렇게 힘든 여정을 마다하지 않고 정상에 오르는 것일까. 생명에 위험을 무릅쓰고 이보다 더 높은 산을 정복하는 사람들의 바람은 무엇인가. 도전하는 사람만의 알 수 있는 염원이 있을 것이다. 보통 사람들의 생각으로는 이해하기 쉽지 않다.

심장에서 '쿵~쿵' 하는 소리가 들렸다. 4,000m 넘는 고봉에서 바라보는 일출은 그야말로 장관이다. 전부를 보여주지 않았지만, 구름 사이로 언뜻언뜻 그 모습을 보여준 것만으로도 충분했다. 가슴 속에는 솟아오르는 태양보다 더 큰 무게가 자리한다. 일생에 한 번 정도 찾을 기회라 생각하니 가슴이 뭉클하다. 두 손을 하늘 높이 올렸다. 모든 것이 발아래에 펼쳐졌다. 무엇을 더 바랄 것인가.

인간에게는 그가 이겨낼 수 있는 만큼만 고통을 준다고 한다. 그 고통을 극복하고 정상에 도달하기까지는 끈기와 용기가 필요하다. 삶도 이와 다르지 않다. 지금까지 수많은 산을 올랐다. 그런 굴곡진 인생을 잘 극복하고 인내했기에 보람된 오늘에 도달할 수 있었다. 정상에서 느끼는 희망과 긍지가 삶의 윤활유가 된다. 떠오르는 태양을 걸머지고 힘찬 에너지를 어깨에 메면 발걸음이 가벼워진다.

지금까지 많은 길을 걸어왔다. 험한 자갈길도 있었고 때로는 거친 들판도 있었다. 그런 것들이 오늘날 삶의 든든한 발판을 다지는 계기가 된 것이 아닌가. 힘든 길을 걸을 때나 먼 거리를 걸을 때일수록 지나온 삶을 되돌아볼 수 있는 성찰의 시간을 갖게 된다.

이제 노을 고운 길을 향해 걷고 있다. 찬란하게 떠올랐던 태양이 곱게 물든 석양을 뒤로 하고 집으로 향한다.

낯선 길

　　남한의 금강산이라 불리는 설악산을 찾았다. 길은 걸어봐야 어떤지 알 수 있다. 험한 비탈길과 고르지 못한 자갈길은 물론 딱딱한 아스팔트 위도 많이 걷고 달렸다. 힘든 길을 쉼 없이 걷고 뛰며 건강한 삶을 살아가려 하지만, 낯선 길에 접어들면 긴장과 두려움이 앞선다.

　　나의 첫 뭍 생활 경험은 장기 연수에 선발되었을 때였다. 연수원에 등록하기 전에 마니산을 찾았다. 등산로에는 겨울의 끝자락에서 찬바람이 거세게 몸부림친다. 군데군데 쌓인 잔설이 봄을 맞이하고 있다. 세찬 바람에 맞서고 빙판으로 된 비탈길을 힘들게 오르니 마니산 정상에 이르렀다. 참성단 앞에서 두 손을 모았다. 연수 생활에 대한 설렘과 기대로 가슴은 부풀어 오른다. 연수받는 1년 동안 무탈하고 건강하게 보낼 수 있기를 빌었다.

연수 기간 혼자 자취할 처지여서 찬거리 마련이 쉬운 수원 시장 근처에 숙소를 얻었다. 동료 중에는 몇 차례 다녀온 사람도 있지만, 나는 40여 년 가까이 공무원 생활하는 동안 연수는 처음이다. 우여곡절 끝에 얻은 이번 기회에 알찬 열매가 맺을 수 있도록 열정의 나래를 펼쳐 볼 생각이다.

연수의 목적은 지역 일꾼으로서 더 나은 지식 함양도 있지만, 지금까지의 노고에 대한 격려의 뜻도 있다. 업무에서 완전히 벗어난 입장이다. 사슬에 묶였던 몸에 날개가 돈는 듯 마음이 편했다. 한 해 동안 하고 싶은 일과 가고 싶은 곳을 찾아다닐 계획이다.

길을 찾아 떠나 길 속에서 보석을 찾고 싶다. 제주에 살면서 육지의 명산을 찾아가기는 쉬운 일이 아니었다. 그럼에도 기회가 될 때마다 각지의 유명한 산을 많이 다녀온 보람은 삶에 건강한 에너지를 심어 주었다. 이번 기회에 주말마다 명산을 한군데씩 정복하는 계획을 세워 실천하고자 마음먹었다.

짙은 초록으로 옷을 갈아입은 나무들이 윤기를 뿜어내며 바람에 춤춘다. 땅속에서 인고의 세월을 보내며 새봄을 준비한 그들의 자태가 힘차다. 녹색이 우리에게 안락함과 편안함을 주심에 대하여 자연의 가치를 더 생각하게 한다. 어떠한 대가도 바라지 않고 우주를 덮으며 인간을 풍요롭게 해 주고 있다. 그 소중함과 고마움을 느끼게 하는 시간이다. 초록이 주는 생명의 에너지를 가슴에 담는다.

새벽 5시에 오색마을을 출발하여 공룡능선으로 향했다. 남한에서 가장 험준한 등산로이다. 전문 산악인들도 힘들다는 능선을 홀로 넘는다는 것은 위험 그 자체였지만, 한편으로는 거침없는 자유로운 산행이 된다. 단체 등반 때보다 혼자 산을 찾을 때가 자연과 호흡할 수 있는 시간이 많고 마음도 가볍다.

대청봉이 반갑게 맞아주었다. 소청봉과 중청봉을 거쳐 희운각 대피소에 도착하여 휴식을 취했다. 먼저 온 사람들은 큰 나무 밑에서 쉬는 모습이 여유로웠다. 강인한 생명력으로 척박한 땅에서 하늘을 향해 듬직하게 자란 나무가 그늘을 내준다. 나무들이 너울너울 즐겁게 춤을 춘다. 나무의 고마움을 새삼 느낀다. 많은 사람이 쉬어갔고, 앞으로도 수없이 찾을 곳이다.

우뚝 솟은 나무가 우리 사회를 내려다보며 걱정스러운 눈빛을 보낸다. 사회가 복잡하고 다양해지면서 질서가 점차 흩어지고 있기 때문이다. 욕심 없이 주어진 여건을 이겨내며 주변 환경과 조화롭게 생존하고 있는 자신들을 보라 한다.

무너미 고개 끝에서 공룡능선을 마주했다. 마치 공룡 등같이 용

솟음치는 모습이 장쾌하다. 산을 좋아하는 사람은 이 능선을 한 번쯤 넘어야 할 코스다. 험한 산길에서는 약간의 두려움과 설렘이 마음을 들뜨게 한다. 무사할지 걱정이 앞섰다.

깎아지른 절벽에는 밧줄이 꼭 필요한 데가 있다. 자신의 투혼이 고비를 넘을 수 있다. 공룡능선 두세 곳에서 격렬한 사투를 벌였다. 어려운 곳을 도전하는 정신은 아름답다. 역경을 극복하며 강인한 정신을 키워나가는 일은 값진 경험이다. 우리의 삶도 많은 고난과 역경을 잘 극복하면 삶을 윤택하게 만드는 디딤돌이 된다.

마등령 고개 정상에 올랐다. 목적지까지 가야 할 거리가 남아있지만, 잠시 정상에 머물렀다. 세상 만물이 발아래 펼쳐진다. 하늘이 맑고 청명하다. 지금까지 내가 걸어왔던 길이 주마등처럼 스쳐 지나간다. 앞으로도 많은 길을 걸어야 한다. 어떤 길이 눈앞에 펼쳐질지 모른다.

대피소 예약은 이미 마감이 된 상태였다. 추운 겨울이 지나 봄이 되자 등산객이 넘쳐났다. 어쩔 수 없이 하룻밤을 보낼 곳을 찾아 먼 길을 걸었다. 험한 산길을 무려 13시간을 걸어 오세암에 도착했다. 법당에서 백의 관세음보살님과 함께하며 비좁은 공간에서 하룻밤을 보냈다. 속세에 힘들고 찌든 마음이 설악산 계곡 사이로 흩어지는 느낌이 들었다. 오세동자가 관세음보살로 환생하는 과정을 상상하며 함께한 오세암에서 보낸 시간은 상념으로 가득했다. 깊은 성찰의 시간이었다.

지금까지 걸어온 인생길은 산길처럼 울퉁불퉁한 험한 길도 있었지만, 그 길을 포기하지 않고 헤쳐 나오니 평탄한 길을 만났다. 어렵고 힘들 때 함께 손잡고 걸어준 분들을 새겨 본다. 낯설게 느껴지던 설악산 등정을 마치고 다시 한번 되돌아본다. 다시는 돌아갈 수 없는 시간속에 수많은 사연들이 길 위에 새겨져 있다. 처음이라는 미지의 세계였기에 두려움이 컸다. 평평한 길은 기억 속에 오래 머무르지 않는다.

그동안 걸었던 길은 설악산 공용 능선의 고개만큼 수없이 넘었다. 그때는 왜 그 길의 의미를 몰랐을까. 이제야 걸었던 길들이 추억과 보람으로 생생히 다가온다.

새벽을 여는 범종 소리가 설악산 골짜기를 따라 산으로 퍼진다.

| 2024년. 가을호. 제주문학

지나간 자리는 길이 되었다

몽골에서 도보여행에 나섰다. 몽골에 도착한 다음날 만즈시르 사원을 향해 발걸음을 내디뎠다. 나무는 군데군데 보일 뿐 광활한 초원이다. 야트막한 능선은 가냘픈 곡선을 이루었다. '보고다'산 최고봉 체제궁을 다녀오는 하루 일정이다. 걷고 있는 길은 사람들이 다니지 않아 길이 뚜렷하지 않았다.

3시간 정도 걸어 정상(2,256m)에 도착했다. 돌담을 높이 쌓아 정상을 표시하고 있다. 그 위에 나부끼는 파란 천은 무사 안녕을 기원하는 신당이었다. 작은 돌 하나에 마음을 담고 신께 귀의하며 쌓은 돌탑이다. 한숨을 돌려 주변을 돌아보니 시원한 바람이 흘린 땀을 씻어준다. 넓은 초원이 발밑으로 펼쳐진다. 서 있는 주변으로는 여름 야생화 군락이다. 찾아온 손님이 얼마나 반가웠는지 몸 전체를 흔들며 반긴다. 정상에 오른 후에는 하산해야 한다. 우리의 삶도 어디론가 떠나면 떠난 자리로 다시 돌아오는 것이 자연의 이치듯이 산행도 마찬가지다.

그날은 유목민이 사용하는 이동식 몽골 가옥인 게르Ger에서 하룻밤을 보냈다. 푸른 초원 위에 하얀 천막은 한 폭의 그림이다. 반짝이는 별들은 제주의 별보다 더 크고 선명했다. 노란 좁쌀을 하늘 가득 뿌려놓은 듯 금방 머리 위로 쏟아질 것 같은 별들의 향연이다. 유년 시절 동네 친구들과 시멘트 콘크리트(시멘트로 만든 노천마루 바닥)에 누워 밤하늘에 떠 있는 별 세기를 반복했던 추억이 새롭다.

국립공원으로 지정된 '테렐지 엉거츠' 산을 다녀오는 날이다. 바위들이 산등성이마다 즐비하다. 자연의 신비로움에 탄성이 절로 난다. 끝없이 펼쳐진 초원 위에 양 떼의 수는 헤아릴 수 없을 정도였다. 맞은편에는 소 떼가 한쪽으로 줄을 지어 풀을 뜯고 있는 풍경에 몽골의 자연을 만끽할 수 있었다. 한참을 가다 보니 야크 떼와 만남도 새로운 볼거리였다. 생김새가 사납고 무서워 보이는 야크들은 수컷과 암컷이 다른 무리에서 지낸다.

국내 항공을 이용하여 홉스굴로 이동했다. 무릉공항에서 소형 여객기에 탑승하여 이륙을 기다리는 동안 항공기는 활주로를 배회하다 되돌아온다. 특별한 안내방송도 없다. 2시간을 넘겨 겨우 이

류한다. 동남아의 국내 소형 항공기들이 약간의 기상이변에도 무작정 기다렸던 경우가 있었을 것이다. 항의하는 사람도 없고 떠날 수 있었던 것만으로도 고마울 뿐이다.

흡스굴로 가는 길은 비포장도로였다. 목장 위로 달리는 오프로드처럼 앞서간 바퀴 자국을 따라 갔다. 한참을 달리다 보니 아스팔트 포장도로가 나왔다. 이는 몇 해 전에 우리나라 기술로 만든 왕복 1차선 도로였다. 넓은 초원을 가로지르는 아스팔트 길은 끝이 보이지 않았다.

어둠이 질 무렵 차는 다시 풀밭으로 접어들었다. 소련제 9인승 지프로 이동이다. 기사는 길이 아닌 들판을 지나고 지프는 길을 만들며 나아갔다. 이정표도 없고 주변에 불빛 하나 없는 어두운 밤길을 익숙한 듯 앞으로 질주한다. 마치 야생마가 들판을 달리듯 거침없다. 이러다가 깊은 산속으로 들어가 고립되지 않을까 불안해졌다. 농담 소리 한마디 들리지 않고 사방이 조용하다.

계속하여 풀밭과 비탈길을 오르내리며 한참을 달리다 얕은 계곡에 차량이 들어가 멈췄다. 일행들은 내려서 밀어 올렸다. 3시간가량 곡예를 한 후 밤 10시쯤에 숙소에 도착했다. 안도의 한숨을 쉬었다. 본디 길이 아닌 곳도 먼저 간 자국을 따라가면 그 위에 길이 되었고 들판에 차량이 지나간 곳도 길이 되었다.

또 하루를 시작하는 새벽이 왔다. 게르 천막 위로 빗방울이 떨어지자 걱정이 앞섰다. 정상에 도전하는 날이다. 비는 내리다 멈추기를 반복했다. 고산지대의 야생화가 고결하고 청순하다. 마음에 가득 담는다. 허허벌판에다 끝없이 펼쳐진 능선이라 비바람은 더욱더 세차다. 마땅히 피할 곳도 없다. 선두와 후미와의 간격은 점점 멀어진다. 비옷은 세찬 비바람에 나부끼며 너풀너풀 춤을 춘다. 이런 악조건 속에서 정상을 향해 내딛는 발걸음은 힘겹다.

몽골의 푸른 진주 '하시' 산(2,459m) 정상에 올랐다. 오래전부터 이 정상에서 저마다의 소원을 두 손 모아 빌었을 것이고, 이후에 오는 사람도 무언가 빌고 갈테다. 똑바로 서서 앞을 볼 수 있는 상황은 아니었기에 그곳에서 오래 머물 수는 없었다. 먼저 도착한 순서대로 하산했다.

내려오는 길에 비가 멈추고 안개가 걷혔다. 능선 자락에 모두 모였다. 홉스굴 호수의 풍경이 한눈에 들어온다. 호수 위로 조아렸던 마음이 살며시 내려앉는다. 육지와 호수를 구분해 주는 긴 곡선이 아름답게 이어진다. 몽골인들은 바다가 없는 곳에 살아서인지 홉스굴을 어머니의 바다로 여긴다. 비에 젖은 초원은 싱그럽고 깨끗하다. 노란 나리꽃은 함초롬하다. 이런 자연의 아름다운 광경에 이끌려 비를 맞으며 여기까지 힘들게 온 것이 보람이다.

목적을 달성한 얼굴은 고생한 흔적이 아니고 승리자의 밝고 건강한 표정이었다. 인생의 값진 모습이다. 차량은 한두 차례 언덕길을 넘으며 달린다. 우리가 걷는 길은 아름다운 꽃길만이 아니다. 언덕길과 자갈밭도 있었다. 마지막에는 평탄한 길이었다.

| 2019년 9월. 수필과 비평

협곡에 빠지다

세계는 넓고 볼 곳도 많다. 오래전부터 가고 싶었던 곳이었다. 그간 영상으로 또는 다녀온 지인으로부터 자연의 신비스러운 모습을 보고 들었다. 그런 곳을 직접 보는 것이 대다수 사람의 소원이 아닐까 싶다.

장가계시의 초청으로 제주 서예학회 회원들이 한·중 국제 서예 교류전에 참여하기 위해 장가계에 가게 되었다. 4박 5일 중 하루 일정만 교류전에 참여하고 나머지 일정을 장가계 일대를 여행하는 일이다.

"人生不到張家界 白歲豈能稱老翁?(사람이 태어나서 장가계에 가

보지 않았다면, 100세가 되어도 어찌 늙었다고 할 수가 있겠는가?)"라는 말이 있다. 그야말로 장가계가 얼마나 아름답고 볼만한 곳인지를 잘 표현해 주는 말이다. 장가계는 중국 호남성 서북부에 자리 잡고 있다. 무릉원武陵源은 장가계 森林公園, 索溪谷 풍경구, 天子山 자연보호구 등 세 개의 풍경구로 나뉜다. 이들은 모두 인접해 있어 산책로로 연결되어 있으며 이 전체를 다 보려면 최소로 4~5일 정도가 소요된다.

약 3억 8천만 년 전 이곳은 망망한 바다였으나 후에 지구의 지각운동으로 해저가 육지로 솟아올랐다. 억만년의 침수와 자연붕괴 등의 자연적 영향으로 오늘의 깊은 협곡과 기이한 봉우리를 만들었다. 물 맑은 계곡과 자연의 절경이 눈길을 붙잡는다. 보기 드물게 수려한 봉우리와 동굴 외에도 인적이 드문 자연의 지리 조건으로 인해 원시 상태에 가까운 아열대 경치와 환경을 보여준다. 웅대하면서도 아름답고 기이한 산세에 넋을 잃곤 했다.

천자산 자연보호구는 무릉원의 서북쪽에 자리 잡고 있고 개발이 늦게 된 곳이니만큼 가장 자연의 모습을 잘 보전 한 곳이다. 천자산의 풍경은 시야가 넓으며 기세가 웅장한 멋을 지닌다. 기이함과 수려함, 야상의 미를 이루는 곳이다. 주 봉우리에 오르면 무릉원의 산봉우리와 계곡이 한눈에 들어온다. 동·남·서 3면의 바위산은 수풀처럼 하늘을 받들고 있고 그 사이로 깊은 계곡들이 뻗어 있어 마치 천군만마가 포효하며 달려오는 것 같다.

붓을 잡는 사람들이 꼭 보아야 할 곳에 이르렀다. 100여 미터에 이르는 3개의 봉우리가 구름과 하늘을 가리키고 있다. 높고 낮음이 들쑥날쑥하면서도 잘 어울리는 장관을 연출한다.

흙이 없는 돌 봉우리 위에 푸른 소나무가 자라서 마치 붓을 거꾸로 꽂아 놓은 모습이다. 전해지는 바에 의하면 전쟁에서 진 후 천자를 향해 황제가 쓰던 붓을 던졌다고 해서 "어필봉御筆峰"이라는 이름이 붙여졌다 한다. 어필봉은 수많은 봉우리 중에서도 걸출한 대표로 뽑힌다. 몇십 년간 붓을 잡다 보면 붓끝이 마모되어 버리는 숫자가 상당하다. 만약, 어필봉을 갖고 올 수 있다면 평생을 쓰고도 남을 것이다.

금편계곡金鞭溪谷은 한 줄기의 깊고 고요한 협곡이다. 뱀처럼 꼬불꼬불하게 늘어서 있는 돌길은 전체 길이가 20km가 된다. 길옆에 천여 개의 봉우리가 솟아 있고 수풀이 무성하게 자라 있어서 공기가 상쾌하며 한적하다. 이곳에는 많은 진귀한 나무와 꽃·풀·살구나무가 자생하고 있어서 찾는 이들에게 많은 볼거리를 제공한다.

귀곡잔도棧道는 천문산 해발 1,400m 높이의 절벽에 장장 1,600m의 길이에 좁게 난 길로 최근 주목받는 관광명소이다. 이 길은 긴장감 만점으로 내려다보는 풍경에 감탄이 절로 나온다. 높은 해발고도와 기류의 영향으로 작은 새들은 쉽게 날아오르지 못한다.

끝없이 펼쳐진 녹지와 산 협곡에서 노니는 작은 새들, 독수리의 힘찬 날갯짓과 사냥 모습을 볼 수 있다.

고소공포증이 있는 사람에게는 무섭게 느껴지지만, 뭔가 짜릿한 전율을 즐기는 분이라면 놓쳐서는 되지않을 명소이다. 전에도 경험한 바 있지만, 소소한 위험에는 두려움이 없는 담력을 갖고 있어서 기회가 되면 즐긴다.

날씨도 특별한 선물이었다. 햇볕은 울창한 숲길이 도움을 준다. 시선이 주위 풍경과 인파에 떠밀리다 보니 일행을 놓치기 일쑤여서 항상 긴장된 상태여야 했다. 좋은 위치에서 멋진 풍경을 보기 위해서는 한발이라도 빨리 움직여야 함으로 발품을 부지런히 팔았다.

협곡을 이어주는 유리 다리를 걸었다. 지상 300m 높이의 대협곡을 가로지르는 곳이다. 세계에서 가장 높으며 가장 긴 다리(430m)는 2016년 5월에 완공되었다. 두께 4,856mm 되는 대형 특수유리 99장을 사용하였으며 동시에 880명을 수용할 수 있다. 중간 지점에서 번지 점프를 하는 광경도 보았다. 기술의 대단함에 놀라울 뿐이다.

중국은 러시아와 캐나다에 이어 세계 3위의 광대한 국토를 보유하고 있다. 풍부한 자연을 자랑하며 다양한 기후와 자연의 모습을 보여준다. 또한 56개의 서로 다른 문화를 가진 민족을 거느리고 있다. 지금까지 중국의 여러 지역을 돌아보았지만, 그때마다 다른 문화를 접하는 분위기였다.

장가계의 또 다른 아름다운 황용동굴黃龍洞窟은 1983년 발견된 곳이다. 지각운동으로 이루어진 석회암 용암동굴로써 중국 10개 용암동굴 중 하나다. '중화 최대의 아름다운 저택', '중국의 國室', '종유동굴 중의 최고'라는 이름들이 따라다닐 정도로 아름답다. 상하 4층으로 되어 있으며 이 중에서 정해신침定海神針이라는 곳은 황용동굴에서 가장 기이한 풍경을 가진 곳으로 유명하다. 종유석으로 높이가 27m에 달하여 여러 각도에서 빛을 발하는 조명에 의해 그 모습이 신기할 정도였다.

몇 년 전에 인근 귀주성에서 다양한 풍경을 보았다. 자연이 만들어 놓은 극치에 놀라웠다. 여행은 건강할 때 하라는 말이 있다. 자연을 보면서 품을 수 있는 열린 가슴도 필요하다. 이제 충분히 보상받을 여건도 마련된 듯하다. 기회는 자주 찾아오는 것이 아니기에 떠날 명분을 만들어 넓은 세계로 날개를 펼쳐 보리라.

5

가슴에 빛을 담다

고봉에서
내려다보는 낙조는
장관이었다.
예쁜 물감으로 색칠했는지

고운 빛은 사방을 가득 덮었다.
유명 화가도 그려낼 수 없는
빛의 세계를 순간 만끽했다.
이런 고봉에 다시 오르기도 어렵겠지만,
빛을 가슴에 담은 감동도 쉽게 사라지지 않을 것 같다.
한참을 머물렀다.

노을빛 고운 고산 자구내 포구

길 위에서의 만남

　　운동장 한쪽에 일면식도 없는 두 사나이가 마주 섰다. 거리를 질주하면서 땀 흘리고 고통을 받아들일 각오가 서린 표정이다. 지역적으로 북쪽인 강원도와 남쪽 제주를 대표한다. 마라톤이라는 매개체가 L과의 만남을 이어 줬다. 그가 천혜의 자연경관을 자랑하는 제주 마라톤 대회에 참가하면서부터 시작됐다.

　　두 사람은 공직에 있으면서 앞만 보며 달렸다. 오십 고개를 넘고 보니 건강에 적신호가 켜졌다. 운동화 끈을 동여매고 시작한 운동이 마라톤이었다. 나이는 나 보다 두 살 위다. 2003년, 한참 마라톤이 세계적으로 붐을 일으키던 시기였다. L은 강원도청 마라톤 동호회 '강마회' 회장을 맡아 조직 활성화에 정성을 쏟고 있었다. 나 또한 제주도청 마라톤 동호회 '도르미'를 그해 창단하여 3년간 회원 확보와 운영에 힘썼다.

내가 처음 마라톤 풀코스에 도전한 것은 2005년 춘천마라톤 국제대회였다. 창단된 지 얼마 되지 않았던 우리는 타 동호회에 일정을 함께 해 달라고 부탁해서 동행하게 됐다. 전국에서 몰려든 마라톤 인파로 춘천 시내 숙소는 이미 예약이 끝난 뒤였다. 대회장과 가까운 경기도 가평에 숙소를 마련했다.

무슨 일이든 처음 도전할 때에는 설렘과 기대가 뒤섞여 마음이 복잡해진다. 무르익은 가을, 단풍이 고운 빛으로 채색된 가평은 아름다운 풍광을 뽐냈다. 처음 출전하는 풀코스에 대한 걱정이 앞섰다. 대회 전날 밤은 뜬 눈으로 보내다시피 하였다. 대회 당일, 춘천 시내로 몰려드는 차량은 정체가 심하다. 이른 아침부터 경기 시간이 가까워져 올수록 마음이 초조하고 불안하였다.

출발 총소리에 맞춰 첫 풀코스 도전 길에 힘찬 걸음이 시작됐다. 가을빛으로 물든 의암호와 삼악산을 따라 나아가는 코스마다 오색빛깔 찬란한 단풍의 향연이다. 혼미한 정신과 함께 흥분된 내 마음도 붉게 물들었다. 강변을 따라 길게 이어지는 달리미들이 복장도 각양각색이어서 주변 경관과 조화를 이뤘다.

한 무리가 앞서 지나간다. 오직 완주해야 한다는 정신만이 무뎌져 가는 발걸음을 인도해 주었다. 눈앞에 길게 늘어서 언덕에 이르자, 포기할까, 걸을까, 판단을 내리지 못하는 내 마음은 안타까울 뿐이다. 몸은 가고자 하는 마음과는 달리 제대로 움직여 주질 않았다. 포기할 수 없었던 첫 도전은 우여곡절을 겪으며 무사히 완주했다. 이듬해에도 조용히 춘천마라톤 대회에 다녀왔다.

세 번째 참가 때, 우리 일행보다 하루 전에 춘천에 도착했다. 그의 도움으로 우리 회원들도 춘천마라톤에서 첫머리를 올리는 것을 영광으로 생각하며 매년 참가하고 있다. 그의 안내를 받으며 일정을 함께하였다. 앞으로는 '형님과 아우'로 지낼 것을 약속하며 굳게 손을 잡았다. 그 후, 강원도를 사랑하는 마음으로 매년 마라톤에 참가하게 되었다. 단풍이 곱게 물들어가는 의암호를 품에 안고 뛸 수 있는 코스가 늘 눈에 아른거린다. 다시 뛰고 싶은 마음은 우리를 그쪽으로 끌어들인다.

강원도를 찾을 때마다 정성과 사랑으로 맞아주었다. 그런 마음이 모여 2008년에 양 동호회가 자매결연을 맺었다. 그 후 서로의 지역을 오가며 대회에 참가하여 땀방울을 나누고 있다. 지역을 대표하는 향토 음식도 만남의 즐거움으로 더해주었다.

지구 반대편에서 열리는 보스턴마라톤 대회는 마라토너라면 한 번쯤은 뛰고 싶은 무대다. 2년 전에 먼저 다녀왔던 그의 권유가 내 마음을 움직여서 2009년에 출전했다. 나에게는 꿈의 무대였다. 가슴에 태극기를 달고 세계인들과 어깨를 나란히 하며 완주했던 기쁨은 평생에 최고의 추억이다. 완주 메달을 목에 걸고 골인 지점에 한참을 서 있었다. 파란 하늘에 흘러가던 하얀 구름도 잠시 멈춰 서서 나를 내려다본다.

그는 세계 6대 메이저대회는 물론이고 그리스의 아테네마라톤대회 등을 포함해서 40여 회 풀코스를 뛰었다. 길 위에 땀으로 새겨진 그만의 역사를 가슴 깊이 품고 있다. 그것은 삶에 자양분이 되었다.

사람이 살아간다는 말은 만남을 통해 누군가의 마음에 씨앗 하나를 심는 일이라고 한다. 그 바이러스에 감염되어 나도 2015년 2월에 도쿄마라톤에서 빛나는 메달을 목에 걸었다. 이어 퇴직 기념으로 그해 가을에 유럽을 대표하는 베를린 대회에 다녀왔다. 어려운 여건을 극복하며 3개 대륙을 대표하는 마라톤 대회에 참가 할 수 있었다. 주위에서 많은 도움을 주었기에 가능했고 개인적으로 큰 영광이라 생각한다.

우리는 누가 먼저랄 것 없이 사랑의 마음을 담은 지역 특산품을 주고받는다. 몇 해 전, 그는 가족을 데리고 제주에 왔다. 제주의 별미 '전복죽'을 대접했는데 행복해 보이는 모습이 참 보기 좋았다. 온화한 그의 어머니를 보자 살아계셨으면 비슷했을 내 어머님이 그려져 나도 모르게 눈가에 눈물이 고였다.

그는 여러 종목의 운동에 소질을 갖고 있다. 남을 위해 배려하는 마음도 넓고 모든 일에 열정이 넘친다. 아마도 그런 열정이 그를 젊게 해주는 비결인 것 같다. 바이러스는 가까운 사람에게 빨리 전파된다. 둘은 뛰는 데 있어 빠름과 느림이 문제가 아니다. 쉬엄쉬엄 가야 오래갈 수 있다고 생각한다. 아무리 힘들어도 은근과 끈기를 갖고 쉼 없이 뛰면 된다. 숨 막히는 고통과 아픔도 기꺼이 받아들이며 즐긴다면 그것으로 좋다.

그와 나는 몇 년 전에 퇴직했다. 딱딱한 아스팔트 위를 달리면서 흘린 땀방울은 서로의 우정을 돈독히 해주는 윤활유가 되고 있다. 석양빛 고운 언덕길을 향해 그와 함께 달리는 발걸음마다 노을처럼 곱게 물들어간다.

| 2021년. 8월 호. 동인지. 수필과 비평

남강은 흐른다

봄빛이 강물 위에 내려앉는다. 그 강물을 본다. 그녀와 나란히 강가에 앉아 어디론가 자유롭게 흐르는 강물을 바라보고 있다. 촉석루 밑, 논개 바위가 발아래 보이는 의자에서다. 그녀가 바위 내력을 열심히 설명해 주는데 내 귀에는 닿지 않고 물과 함께 흐르고 있다. 강폭이 넓어서인지 흘러가는 물결은 잔잔하다. 제 길 따라 말 없이 떠나간다.

지난 시절, 고등학교를 졸업하던 1976년도에 지방 공무원 시험에 합격했다. 이듬해 봄, 부산 양정에서 4주 동안 신규 공무원 교육을 받는 기간이었다. 멀지 않은 곳에 있으니 진주에 한 번 다녀가라는 연락을 받았다. 부산에서 시외버스로 2시간 남짓 달려 늦은 오후에 진주 버스터미널에 도착했다. 진주 땅을 처음 밟아 보는 순간이다. 시간에 맞춰 그녀가 나와 있었다. 처음으로 대면하는 자리였는데 반갑게 맞아 주었다.

내 의견은 물어보지도 않고 일방적으로 자기네 집으로 가자고 했다. 처음 만나는 사내를 집으로 데려간다는 것은 대단한 결심이 있어야 가능한 일이리라. 부모에게 사전 허락도 받았을 터이고, 당황한 것은 나였다. 동행하면서 미적미적 망설여지는 마음은 흔들리는 바람처럼 진정시키지 못했다. 그 지역 문화인가 하는 생각보다 의구심으로 머리가 복잡하다.

그녀의 집 마당에 들어서자 칠십 초반으로 보이는 할머니와 어머니 그리고 중학교 초년생 티가 나는 여동생이 환영해 주었다. 마당을 가운데 두고 안채와 바깥채가 마주 보는 단층집이었다. 안채 마루 오른쪽에 있는 그녀의 방으로 안내되었다. 아담한 방은 여인의 냄새가 배어났고, 포근한 분위기가 피곤한 심신을 녹여 주었다.

한참 후, 가득 차린 저녁상을 들고 방으로 들어왔다. 편히 드시라고 말하고는 나가 버린다. 오후 내내 긴장 속에 낯선 곳을 찾느라 신경을 곤두세워서인지 허기감이 들었다. 의아할 정도로 진수성찬이다. 별별 생각을 하며 맛있게 먹었다. 나중에 들었는데 마침 오늘이 자기 생일이어서 아침에 마련한 음식이라 했다.

학생 때부터 사용하던 방에는 TV도 없어서 둘은 서너 시간 얘기꽃을 피웠다. 그 후, 밤이 깊어지자 이부자리를 살펴주고 그녀는 할머니 방에서 함께 잘 테니 편히 쉬라 한다. 몸은 피곤했지만, 쉽게 잠을 이룰 수 없었다. 꼭 꿈을 꾸는 느낌이었다. 왜 첫 길에 집으로 초청했으며 이부자리를 내주며 하룻밤을 머물게 했는지 50년 가까운 지금도 안개 속을 걷는 듯 풀리지 않는다.

이튿날, 아침까지 해결하고 집을 나섰다. 진주의 자랑인 진주성 곳곳을 걸었다. 처음 만나다 보니 오가는 얘깃거리가 많았고 흐르는 물처럼 자유스러웠다. 촉석루에 올라 흘러가는 구름을 보며 젊은 청춘은 각자의 마음속에 무엇을 새겼을까. 논개 바위 앞에 앉아 얘기가 이어졌다. 흐르는 남강은 우리에게 시선도 주지 않고 제 갈 길을 따라 말없이 흘러간다. 둘 사이의 인연은 어디서부터였을까.

대학진학을 위해서 예비고사를 치르던 시절이었다. 시험을 치른 후, 학교 수업 시간도 무료하게 느껴졌다. 친구에게 빌려 본 잡지 한 모퉁이에 시선이 꼽혔다. 펜팔 열기가 한창일 때였다. 남ㆍ여 60여 명이 선택을 기다리는 눈동자가 반짝였다. 그중에 강ㅇ은이란 이름에 눈길이 멈췄고 지역도 진주여서 호감이 갔다. 주저 없이 펜을 들었다.

곧 답장이 왔다. 나도 글씨라면 누구한테 밀리지 않는데 그녀 역시 예쁜 글씨체에 자신감이 묻어났다. 무엇보다 그녀의 글씨체가 믿음을 주기에 충분했고 그 사람의 인상을 대변해 주고 있었다. 서로는 편지를 받자마자 회신이 오가곤 했다. 편지를 보내고 답장을 기다리는 동안 가슴에는 설레는 감정이 가득했다. 서너 차례 서신을 주고 받았다. 상반신 사진을 주고받으며 정성을 다한 마음은 고운 꽃 봉우리로 맺어졌다. 그녀도 고교 3학년으로 진주 상명여고에 재학 중이었다.

이듬해 늦가을, 제주 들녘의 황금 물결로 출렁이는 계절이었다. 그녀의 어머니가 40여 명과 함께 3박 4일 일정으로 제주 관광을 왔다. 시내 호텔에 묵고 있다는 연락을 받고 감귤 3상자를 들고 찾아갔다. 지난해에 보았으니 구면인 셈이다. 처음 왔다는 제주, 로비에서 잠시 얘기를 나누고 헤어졌다.

첫 만남 이듬해에도, 우리의 재회를 마련해 주는 듯 부산에서 교육받을 기회가 주어졌다. 토요일 오후에 다시 진주를 찾았다. 이튿날 그녀가 다니는 교회에 가자고 하였다. 크리스마스를 일주일 앞둔 주말이어서 주변 분위기가 나를 들뜨게 했다. 유년 시절에 크리스마스 즈음에 교회에 가면 사탕을 나눠주었던 기억이 떠올랐다.

예배 참석은 처음이다. 나는 일반 자리에 앉고 그녀는 2층 성가

대원의 자리로 갔다. 키가 나보다 주먹만큼 컸다. 동료 성가대 중에도 큰 키여서 제일 뒷자리에 섰다. 예배가 진행되는 시간에도 신경은 온통 그녀의 모습에 집중되었다. 찬송가를 찬양할 때는 더욱 돋보였다.

점심 식사 후, 다시 진주성 구석구석을 걸었다. 촉석루를 거처 강물이 내려다보이는 의자에 나란히 앉았다. 나에게는 첫 사랑이었고 젊은 피를 끓게 해 준 소중한 시간이었다.

3년차 여름, 휴가는 진주를 거처 지리산 등반 계획이었다. 그녀를 만나려고 일부러 만든 일정이었지 싶다. 친구와 함께한 일정이어서 저녁 시간만 함께 했다. 이듬해였다. 하계휴가 기간에 광주 쪽에 여행 가면서 진주에 들르겠다고 했다.

얼마 없어 답장이 왔다. 그녀는 오는 가을에 결혼하고 외국으로 떠날 것이라는 내용이었다. 믿고 싶지 않았지만, 어쩔 수 없는 일이다. 하늘은 넓고 푸르다. 그 창공을 향해 마음껏 날개를 펴겠다는데 붙잡을 명분도 없었고 새장에 가두어 둘 새도 아니었다. 나의 부족함으로 여겼다. 그녀의 아름다운 모습과 행동이 타인들에게 호감을 얻기에 충분했다. 미련이 전혀 없는 것은 아니지만, 깨끗하게 헤어질 수 있었던 것은 순수하게 나눈 우정 때문이다. 청춘들이 정열로 피워낸 한 시절의 꽃이었다.

남강을 다시 찾았다. 겉으로는 조용히 흐르는 듯하지만, 물속에서는 수많은 격랑을 일으키며 뜻깊은 역사를 이루고 있을 것이다. 물은 늘 합쳐지고 나뉘면서 흐른다. 이제, 칠십 언덕을 바라보고 걷는다. 그녀는 지금 어느 하늘 아래에 맑고 고운 노을빛으로 물들고 있을까.

남강은 우리들의 추억을 안고 오늘도 변함없이 흐르고 있다.

가슴에 빛을 담다

해외 산행을 떠날 때마다 가슴이 설렌다. 몇 일간의 일정이 소요되는 산행에는 여러 가지 장비와 식량을 챙기고 오른다. 건강한 몸 상태는 물론이고 강인한 도전정신도 함께 해야 한다. 해외 경험이 많은 산악회원들과 함께하였다. 이번 산행은 가까운 이웃 나라지만, 고산 지역이고 빙하가 있어 안심할 수가 없다. 회원들과 야간 및 암벽 훈련을 몇 차례하고 떠난다.

몇 해 전, 일본 서부에 있는 북 알프스에 다녀왔다. 이곳은 혼슈와 도마야 현을 비롯하여 네 개 현에 걸쳐 있다. 남북 75km의 대산맥으로 이어지는 빙하지형으로 고산 동·식물의 서식지이다. 시원하게 흐르는 물소리를 들으며 계곡을 따라 가벼운 마음으로 걷는다. 도쿠가와 야영장에 도착하자마자 잔디밭에 텐트를 쳤다.

첫날밤을 텐트에서 보내고 일어나니 아침부터 보슬비가 내린다. 아침 식사는 뜨거운 물만 넣고 먹을 수 있는 알파미(압축 식량)로 했다. 처음 먹어 보는 것이라 입맛에는 맞지 않았지만, 힘든 산행을 위해 먹어야 했다. 출발한 지 얼마 지나지 않아 빗줄기가 굵어졌다.

변덕이 심한 산중 날씨이다. 오래전부터 준비한 산행이었기에 걷지 못할 정도의 악천후가 아니면 계획대로 진행된다. 골짜기에 부딪혀 올라오는 세찬 바람에 정신이 혼미해진다. 며칠간의 산행 기간에 좋은 기상만을 기대할 수 없다. 산이 높든 얕든 간에 일단 등산로에 들어서는 순간부터 모든 문제는 스스로 해결해야 한다. 무거운 배낭에 비옷까지 입었으니 걸음은 불편할 수밖에 없다.

아홉 시간을 걸어 오후 4시가 되어서야 야영할 야리가다케(해발 3,060m) 산장에 도착했다. 비바람과 싸우며 겨우 텐트를 쳤다. 저체온증이 우려되어 땀에 젖은 속옷을 갈아입고 가스버너를 벗삼아 휴식에 들었다. 힘든 여정을 견딘 후 쉬는 시간은 꿀맛 같았다.

휴식도 잠시, 이곳은 예약된 곳이라 자리를 비워달라는 관리자가 야속했다. 마땅한 자리가 없어 비탈진 장소에 재차 텐트를 설치하자 온몸이 기진맥진했다. 세찬 비바람으로 나다닐 형편도 못 되어 저녁 식사도 문제였다. 텐트 친 곳은 바람과 바로 부딪치는 곳이라 몹시 흔들렸다. 날씨가 너무 추워서 가스버너를 계속 켜고 마른 옷은 있는 대로 껴입었다.

잠을 잘 수가 없었다. 어찌나 불안한지 이대로 잠들어 버리면 영원히 일어날 수 없을 것 같았다. 별의별 생각이 다 그려진다. "삶과 죽음은 둘이 아니고 하나다."라는 부처님의 가르침이 새겨진다. 아무리 건강한들 삶과 죽음이 한순간이기에 이 밤을 무사히 보낼 수 있도록 간절한 기도가 필요했다. 변덕스러운 산중에 사고는 예상치 못한 곳에서 일어난다. 밤이 깊어 갈수록 비바람은 더욱더 거세지고 텐트는 심한 소용돌이에 쓸려 날아갈 듯한 기세다.

처음 등반계획은 정상 근처에 있는 야영지까지 오바이다케 등 3,000m급 7개의 산등성이를 넘는 일정이었다. 등산로 주변이 바위로 이루어져 매우 미끄러웠다. 일정 변경이 불가피하여 어제 올랐던 코스로 하산하기 시작했다. 오후가 되자 비는 그치고 날씨가 맑았다. 일행은 다른 코스를 통해 정상에 도전하자는 의견일치를 봤다.

오늘 야영지까지는 경사가 심하고 일곱 시간 정도 걸어서 5시 30분까지 오쿠다카케 산장에 도착해야 했다. 어제와 오늘, 삼천 미터를 넘나드는 봉우리를 오르고 내리다 보니 체력은 바닥이다. 서로가 '힘을 내자.'라고 위로하며 힘겹게 걸었다.

혼바 시 계곡 구름다리 밑에는 많은 등산객이 여유롭게 쉬고 있었다. 우리도 잠시 휴식을 취했다. 흐르는 계곡물에 얼굴을 씻자 얼얼하고 싸한 느낌이 가슴을 파고든다. 다른 일행들은 우리보다 여유로운 모습이었다. 그냥 여기에서 반나절 푹 쉬고 싶었다. 장군처럼 서 있는 바위와 수려한 나무는 협곡에 즐비하여 자연이 만들어 놓은 걸작이다. 북 알프스의 멋이 펼쳐진다.

웅장한 암산의 계곡에는 겨우내 쌓였던 빙하 모습으로 이채롭다. 오르고 올라도 경사는 계속된다. 끈기와 인내가 필요한 시간이다. 부실한 아침 식사와 간밤에 한잠도 못 잔 몸은 지칠 대로 지쳐갔다. 주변의 너덜지대 사이에 형형색색의 텐트가 그림 같이 펼쳐져 있다. 깔딱 고개는 정상까지 이어진다. 힘든 발걸음으로 겨우 시간에 맞춰 산장에 도착하였다. 목적지까지 왔다는 안도감에 긴장이 풀렸다. 모든 것을 내팽개치고 드러눕고 싶었다.

그때 누군가가 "일몰이다!"라는 외침에 일행은 누가 먼저라 할 것 없이 그곳으로 모여들었다. 환성이 터진다. 고봉에서 내려다보는 낙조는 장관이었다. 예쁜 물감으로 색칠했는지 고운 빛은 사방을 가득 덮었다. 유명 화가도 그려낼 수 없는 빛의 세계를 순간 만끽했다. 이런 고봉에 다시 오르기도 어렵겠지만, 빛을 가슴에 담은 감동도 쉽게 사라지지 않을 것 같다. 한참을 머물렀다.

아침이 되자 주변 능선을 따라 봉우리 밑으로 운해가 깔렸다. 그 뒤로 일출이 장엄하다. 정상 정복의 부푼 기대감에 마음이 붕 뜬 기분이었다. 봉우리들이 구름을 뚫고 올라와 발아래로 펼쳐졌다.

여기까지 오면서 비와 바람을 헤치고 깔딱 고개에 마주한 지친 몸이었지만, 고통을 이겨냈다. 일본 북 알프스의 최고봉인 오고 호 다카다케(3,190m) 희망봉에 섰다. 정상에는 안전을 기원하는 작은 신사神社가 있다. 그 아래로 펼쳐진 계곡에는 여름인데도 빙하가 남 아 이색적인 풍경을 자아냈다. 역경을 극복했기에 정상 정복은 값진 열매가 되었다. 북 알프스에는 3,000m 넘는 봉우리가 10여 개 있 지만, 날씨 때문에 우리는 2개 봉우리만 올랐다.

"하산 길은 낭떠러지가 많아 위험하다."라는 안내자의 말에 모 두가 긴장하였다. 두려움과 불안감이 가슴을 조인다. 가파른 길은 물먹은 암석이어서 눈 뜨고 바라볼 수 없을 만큼 난코스가 연속이 었다. 등산을 해 본 사람들은 안다. 올라갈 때보다 내려올 때가 더 조심해야 한다는 것을…. 험준한 산일수록 위험은 항상 가까이 서 성거린다. 이번처럼 엉덩이를 바닥에 붙이고 내려오기도 처음이다. 늘 긴장의 끈을 놓을 수 없었다.

우리의 삶에도 늘 평탄한 길만 걸을 수 없다. 굴곡진 길을 슬기 롭게 헤쳐 나가는 일도 삶의 지혜일 수 있다. 정상에서 노을을 만들 었던 석양은 나의 뒤안길을 따라 함께 걸어왔다. 그 태양은 앞으로 내가 걸어갈 서산길을 안내해 줄 나침반이다.

단풍이 물든 길 위에서

느개비가 강물 위에 내려앉는다. 가을빛이 곱다. 단풍이 곱게 물든 들녘에서 비와 마주한다. 가을비가 바람의 마중을 받지 못해서인지 부슬부슬 조용히 찾아와 마음을 적신다.

춘천 마라톤 대회에 참가하기 위해 춘천에 왔다. 최근에 알게 된 S와 오늘 홍천에 있는 가리산 자연휴양림을 탐방하기로 약속한 일정이었다. 함께 참여하는 마라톤 동호회 회원들보다 하루 먼저 왔지만, 비 때문에 무산되고 말았다. 이곳은 자연보존지역이어서 평소에는 탐방이 쉽지 않은 곳으로 모처럼 얻은 기회였는데 아쉬웠다.

그녀가 숙소로 자동차를 몰고 찾아왔다. 비가 그치면 가까운 곳에 있는 삼악산에 가보고 싶었지만, 비 온 후라 위험해서 의암호 자전거 도로를 걷기로 했다. 의암호 마라톤코스를 예닐곱 번 달렸어도 걷기는 처음이다. 운치와 분위기가 넘치는 산책로다. 그녀의 친구 Y도 동행했다. 일회용 비옷을 걸치고 우산 셋이 나란히 걷는다. 의암호의 아름다운 정취가 물씬 풍기는 산책로를 따라 두 여인이 나를 사이에 두고 양옆으로 감싸 걷는 호사를 누렸다.

그녀와의 인연은 작년 여름, 인제군에 있는 방태산 수중 등반에서 맺어졌다. 그녀는 얼마 전까지 10km 마라톤에 참여해 왔다. 지금은 동호회원과 산악 도보여행을 즐기는 건강하고 쾌활한 오십 대 중반의 여인이다. 취미가 비슷하니 공감되는 부분도 많았다.

최근 국민 건강 증진을 위하여 전국적으로 친환경 자전거 도로 건설이 붐이다. 건설되는 도로 중에 대성리에서 가평과 강촌으로 이어진다. 의암호까지 연결된 북한강(의암호) 순환 자전거 도로는 우리나라에서 가장 아름다운 코스 중의 하나로 알려져 있다. 가끔 자동차만 지나갈 뿐 이어도 호수는 어머니 품처럼 넓고 포근하다. 보슬보슬 내리는 가을비의 향연에 어울리듯 길게 늘어진 의암호는 비옷도 우산도 없이 온몸으로 비를 맞는다.

삼악산을 적시고난 비는 배고픈 의암호를 채운다. 비에 젖은 호수 모습이 안쓰럽게 보인다. 내가 사는 제주엔 강이 없다. 내륙에서 흐르는 강물을 보면 반가운 친구를 만난 듯 정감이 간다. 물은 높은 산에서 발원하여 큰 강에 이를 때까지 온갖 거친 자연 생성물에 서부터 흙먼지까지 끌고 내려와 넓은 호수에 안긴다. 물은 늘 합쳐 지고 나뉘면서 흐른다. 무수한 생명의 에너지를 공급하며 새 생명도 탄생시키고 키운다. 강 속에서는 물만 흐르는 것이 아니다. 몇천 년 을 흐르면서 수많은 사연을 품고 묵묵히 더 큰 세상을 향해 흐른다. 쉽게 털어버리지 못하고 마음속에 쌓여 있는 욕심을 흐르는 강물에 실어 본다.

성스러운 듯이 골짜기 쪽으로 운무가 거치며 운치를 더한다. 푸 른 소나무와 전나무, 제철을 맞은 단풍나무와 은행나무는 자신이 입은 옷 색깔을 맘껏 뽐내고 있다.

삼악산을 붉게 물들인 단풍나무는 말고을 마을 도로변에서 오 랜 세월을 지키고 있다. 중년의 은행나무는 오늘 묵언 중이다. 검은 아스팔트 위에 떨어진 노란 은행잎은 비에 젖어 색깔이 더욱더 선명 하다. 어미 품을 떠난 잎은 도로 위에 누워 조용히 비를 맞는다. 건 너편 넓은 붕어섬도 말없이 누워 비에 젖는다.

아름다운 강산에서 사계절을 느낄 수 있는 정서는 사람의 마음 을 풍요롭게 한다. 이런 아름다운 자연을 즐길 수 있는 것은 스스 로 건강과 여유 있는 마음이 있기에 가능하다. 나의 감성과 지혜는 모두 조상과 부모님, 그리고 인연 맺은 많은 분의 도움이 있었기에 가능한 일이었다. 이웃과 인간적 교감이 잘 이루어져 있어 다행스럽게 생각한다.

　의암호 주변으로 곱게 물든 단풍처럼 중년의 언덕에서 서산을 바라보며 걷는다. 지금까지 많은 길을 걷고, 뛰었고, 앞으로도 미지의 길을 향해 나아갈 것이다. 내일도 춘천마라톤 대회에서 풀코스를 달린다. 우리 인생은 삶과 마찬가지로 힘든 여정을 지나고 나면 보람이 있다. 마라톤 선상에 들어서면 그때부터 같이 뛰는 마라토너와 경쟁이 아닌 자신과 싸움이 시작된다.

　몰려오는 외로움과 고독 그리고 번뇌 망상 속에서 지난날 삶의 뒤안길을 돌아보다 보면 어느덧 골인선에 다다른다. 몇 시간 동안의 고독에서 벗어나는 순간 온몸에 에너지가 충전되는 느낌을 받는다. 그 기분을 만끽하기 위해 제주에서 먼 춘천까지 찾아왔다. 시월의 마지막 주말, 제주에서 볼 수 없는 강 안개가 나를 껴안아 준다. 세 사람은 빗길을 걸으며 강원도와 제주도의 서로 다른 삶이 한데 어우러져 많은 이야기 조각을 길 위에 펼쳤다.

　익어가는 가을 냄새가 좋다. 의암호 산책로로 들어서는 순간부터 가을색을 온몸으로 느낀 행복한 시간이었다. 오늘 걸었던 시간처럼 앞으로 걷고 달려가야 할 남은 언덕길에도 단풍처럼 곱게 물들었으면 한다. 흐르면서도 고요하게 잠든 강의 모습을 바라보니 마음이 평온하다. 의암호는 온종일 비를 맞고 있다.

| 2022년 3월. 수필과 비평

젊음의 도시

젊음은 희망이다. 모래사장을 걸으며 바닷물에 손을 담그니 따뜻하다. 끝없이 펼쳐진 해변에는 이른 아침부터 시민들이 나와 물놀이를 즐긴다. 백사장 곳곳에서 배구를 하는 청년들이 활기차 보인다. 시내 가까이에 있어 남녀노소 누구나 쉽게 찾을 수 있는 해변이다.

남중국해와 맞닿아 있는 미키My Khe 해변은 베트남 다낭이 품고 있다. 20km에 이르는 백사장은 1970년대 베트남 전쟁 당시 미군의 휴양지로 사용되었다. 세계 6대 해변 중 하나로 선정됐을 만큼 아름다운 해변이어서 다낭을 찾는 여행객은 쉽게 접할 수 있다.

해양스포츠도 즐길 수 있는 곳이다. 어부들의 고기잡이 풍경과 함께 넓은 해변에서 펼쳐지는 아름다운 일출도 감상할 수 있다. 끝없이 나아갈 수 있는 희망의 바다를 향해 날갯짓해 본다.

다낭은 남중부 지역의 최대 상업 및 항구도시다. 호찌민시, 하노이, 하이퐁 다음으로 큰 도시로 인구는 약 120만 명에 이른다. 기후는 두 계절이 있는 열대 몬순기후다. 9월부터 이듬해 3월까지는 태풍과 우기이고 4월부터 8월까지는 건기이다. 우리가 방문한 10월은 우기여서 3일 중 2일은 비가 내려 불편이 컸다. 관광하는 도중 갑자기 쏟아지는 비를 피하느라 뜀박질을 여러 번 했다.

여행을 가면 재미있게 즐겨야 하고 기억에 남는 추억거리를 많이 만들어야 한다는 가이드의 말에 공감했다. 공항에서 나오는 사람들의 인상을 보면 중국 관광객은 시끄럽고, 일본인은 깃발을 들고, 한국 사람은 인상을 쓴다고 했다. 우리나라 사람은 여행하면서 많이 갖고 다니는 것이 근심과 걱정이라는 우스갯소리였다.

웃는 모습이 아름다운 사람들. 거지·도둑·노인이 없는 나라이기도 하다. 오랜 기간 동안 전쟁을 치르면서 많은 인명 피해가 있었기 때문에 기성세대보다 젊은이가 많다고 한다. 우리나라 평균 연령이 44세인데 베트남은 30.7세라는 것이다.

개발도상국을 자처하는데 발전 가능성으로 첫째가 인적자원이다. 1억 명에 가까운 인구를 갖고 있으면서 젊은이가 많다는 것이 자랑이다. 전체 인구의 절반 이상이 20∼30대 청년이다. 많은 지하자원이 묻혀 있어 60여 년을 사용할 수 있다고 한다.

성장 유지 산업으로는 쌀과 커피를 내세우는데, 인도차이나반도의 태국, 인도, 베트남에는 쌀을 꼽는다. 커피도 유명하다. 브라질 다음으로 베트남 커피라 한다. 실제 다람쥐 똥 커피는 없는데 우리나라 ○○ 식품에서 개발하며 붙여진 이름이란다. 위즐 커피는 족제비 똥 커피라 하는데 G7 커피로 명성을 얻고 있다.

베트남 전쟁 당시 우리나라 청룡부대가 주둔했던 오행산Marble mountain은 수산水山이다. 평지에 5개의 산이 볼록 솟아나 있는데, 그중 가장 큰 규모를 자랑하는 곳이다. 동굴과 주변을 관망할 수 있는 전망대도 있다. 아래쪽 동굴에는 사후세계를 묘사하는 모습을 보니 숙연한 마음이 들었다.

눈을 감고 나의 사후세계를 그려본다. 현생에서 선행을 쌓고 착한 삶을 살아야 깨끗한 영혼을 간직한 채 그곳에 갈 수 있을 거란 생각을 해 보았다. 자연 동굴과 인공 동굴 조화가 자연스러웠다.

유네스코 세계자연유산에 호이 안Hoi An이 등재되었다. 15세기부터 19세기까지의 동남아시아 무역항(바다의 실크로드)으로 모습이 잘 보전된 사례를 인정받아 선정된 것이다. 호이 안은 우리 제주도와도 오래된 인연이 있었다. 조선 숙종 때 제주도민 24명이 배를 타고 가다가 큰 바람을 만나 표류해 호이 안 근처에 도착하였다. 중국 상인의 도움을 받아 21명이 살아서 돌아왔는데 바다에 표류했던 백성인·고상영 표류기가 있다.

궂은 날씨다. 1,487m에 위치한 테마공원에 갔다. 프랑스 식민 지배 당시 조성된 피서지다. 연중 온도가 선선하여 동남아의 무더운 날씨를 피해 휴양하기 딱 좋은 환경을 갖추었다. 그곳 바나 힐을 가기 위해서는 세계에서 2번째로 긴 5.8km에 달하는 케이블카를 타고 20분 정도 올라가야 한다. 정상에는 프랑스 마을을 비롯해 다양한 놀이 시설을 이용할 수 있는 판타지 공원이다. 밀랍 인형 박물관·전망대 역할을 하는 종탑과 사원이 있다. 변덕스러운 날씨가 예기치 않게 찾아오므로 긴 옷을 챙기도록 당부했다.

갑자기 불어오는 세찬 비바람으로 우왕좌왕 했다. 광장에 있던 많은 관광객은 비를 피할 수 있는 공간으로 일시에 몰렸다. 구경도 제대로 못했다. 한참을 처마 밑에서 기다리다가 좁은 커피숍에 겨우 일행들이 앉을 자리가 마련되었다. 따뜻한 커피를 마시며 젖은 마음을 달래기도 했지만, 소중한 시간을 빗속에 날려 버렸다. 여행하면서 만나는 이런 모습도 또한 추억이다.

내려오는 케이블카 탑승 구역으로 일시에 인파가 몰려 아우성이다. 설상가상으로 강풍으로 인하여 케이블카 운행이 잠시 멈춰섰다. 비좁은 공간에 모여든 사람들은 불안에 떨었고, 안전과 질서 유지를 위하여 분주하게 움직이는 직원을 보면서 안색들이 어두워져 갔다. 이곳을 벗어나는 길은 산악 지대여서 오직 케이블카로 하산하는 것뿐이었다. 여행하면서 이렇게 공포를 느껴 본 적도 처음이다. 시간이 해결해 주겠지 하는 마음으로 두 손을 모았다.

베트남 사람에게 한국 사람에 대하여 어떻게 생각하느냐고 물으면 지금은 화해와 용서로 서로서로 돕고 지내야 하지 않느냐고 한다. 지금은 우호적으로 가고 있는 두 나라 관계를 보자. 베트남 전쟁 당시 우리나라 군인에 의해 베트남 사람들이 피해를 본 상황이었다. 속죄하는 뜻이 마음 한곳에 머물고 있어 애잔하다.

한국-베트남 수교 30주년을 맞고 있다. 상생 협력 관계가 이뤄지고 있으며 최근에는 우리나라 기업들이 대거 진출하여 기반을 다지고 있다. 젊은 노동력이 많아 기업의 성장 발전하기에 알맞은 환경이 조성되어 다행스럽다. 강대국이 식민지를 거쳐 분단되었고 전쟁 체험 등 두 나라는 닮은 점이 있다. 우리는 형제의 나라가 되어가고 있어서 희망적이다. 우리와 함께 어깨를 나란히 하는 경제 발전이 있기를 소망한다.

활발하게 움직이고 있는 젊은이 모습을 보면서 긍정의 기운을 얻은 느낌이다. 나에게도 청춘이 있었던가. 어려운 환경을 극복하며 남다른 노력이 있었기에 그 발판을 딛고 언덕길을 올라 지금은 평탄한 길을 걷는 중이다. 탁 트인 바다를 바라보며 보람 있고 건강한 삶을 모래 위에 그려보았다.

파랑새

떠남은 설렘이나. 떠난다는 것은 무언가 희망을 얻고자 하는 바람에서 비롯한다. 생활에 활력을 불어넣기 위함이다. 늘 있던 곳을 떠나 새로운 풍경과 지역 문화를 접하면서 지금까지의 생각에 변화를 꾀하고자 하는 뜻이 있다.

오전부터 흐렸던 하늘에서 한두 방울씩 비가 내린다. 날씨에 개의치 않고 즐겁고 부푼 기대감으로 마음이 들떠 있다. 몇 년 전부터 바랐던 아내의 버킷리스트를 이루기 위한 길이다. 늦은 저녁 시간에 녹동항에 애마와 함께 도착하였다. 우리나라는 볼 곳도 많지만, 넓은 지역이라는 느낌이 가끔 든다. 여행을 좋아하는 사람은 전국 곳곳을 두루 돌아보는 일이 점점 늘어나는 경향이다.

이튿날 아침, 구름이 잔뜩 낀 날씨였는데 산책하기에 안성맞춤이었다. 순천만 습지를 걸었다. 수평으로 넓게 펼쳐진 곳이어서 주변 경관이 한 눈에 담긴다. 파릇파릇하게 솟아 오르는 갈대의 때 묻지 않은 모습이 청초하다. 갯벌이 제집인 양 활개치는 짱뚱어는 잠에서 깨어나지 않은 것 같다. 인근 논밭은 오랜 가뭄으로 거북등 모습이어서 안타까웠다.

순천만 국가정원을 찾았다. 2013년에 정원을 조성한 후, 지난 4월 초에 2023 순천만 국제정원박람회가 문을 열었다. 개장 시간에 맞춰 국내·외 관광객이 물밀듯 몰렸다. 평일인데도 많은 사람이 줄지어 입장하고 있다. 비가 내리니 정원은 더욱 생기있게 하루를 시작한다. 물기를 머금은 새싹들과 다양한 꽃들이 웃음을 띠며 찾는 이들에게 인사를 건넨다.

짧은 시간에 정원을 다 볼 수 없어서, 대다수가 이용하는 정원 관광차를 타고 구경하기로 했다. 30여 분 동안 줄을 서서 기다린 후 동심의 세계로 떠나는 열차에 올랐다. 멕시코 정원·이탈리아 정원·스페인 정원 등 각 나라의 특징을 보여주는 아기자기한 모습이 인상적이다. 아내의 얼굴에도 살며시 웃음꽃이 핀다.

자생하던 나무들은 거목으로 자리했고 옮겨 온 나무와 조화를 이루어 정원의 품격을 높여 주었다. 다양한 종류의 꽃들도 경쟁하듯 자신을 뽐낸다. 루피너스는 꽃 중의 꽃이다. 북서 아메리카가 고향인 루피너스는 1년 초로 푸른색·흰색·자색·황색 등 다양한 꽃을 피우고 있다. 식물원을 관람한 후 정원을 한눈에 내려다볼 수 있는 3층 카페에서 여유의 시간을 가졌다.

여행도 식후경이다. 남도 하면 음식 맛이 여행을 즐겁게 하는 또 다른 묘미이기도 하다. 잘 차려진 정식을 대면하고 나니 배꼽시계가 빙그레 웃는다. 순천만과 떨어진 남해로 향했다. 오후의 날씨는 맑았다. 남해유배문학관에 들렀다. 제주도에 유배인의 남긴 흔적을 엿볼 수 있는데 남해에도 유배인이 머물며 고난의 시간을 견디었던 역사가 있다.

해안선을 따라 펼쳐지는 절경에 마음이 먼저 태평양을 향한다. 지상파를 타면서 더욱 유명해진 남해다. 그림같이 지어진 펜션과 별장들이 이국적인 정취를 자아낸다. 다랑이 마을과 미국 마을을 볼 수 있음은 덤이다.

최근에 인기리에 찾고 있는 독일마을과 독일 파견 전시관이 볼거리로 등장했다. 60~70년대 우리나라 경제발전에 헌신한 독일 교포들의 정착촌이다. 40여 세대 주택이 독일식으로 지어져 이국적인 풍경이 눈에 담긴다. 독일 파견 전시관에는 파독 광부·간호사의 삶의 흔적을 엿볼 수 있었다. 자랑스러운 그들의 정신을 담았다.

보리암에서 아침기도로 또 다른 하루를 열었다. 기암괴석으로 이루어진 금산의 비탈진 곳에 절터가 가능한가 싶을 정도로 기묘한 자리에 마련된 공간이다. 한눈에 보아도 기도처인 듯한 느낌이었다. 마침 부처님 오신 날을 대비하여 사찰의 실외 공간에 설치된 오색 꽃등이 곱다. 주변의 신록과 손잡은 모습에 마음이 고요해졌다. 활짝 펼쳐진 한려해상을 바라보니 가슴이 뻥 뚫리는 기분이었다.

여수 밤바다를 보는 것이 아내의 버킷리스트 중 하나다. 이번 여행의 주된 목적지이기도 하다. 붉은 동백으로 물들어 바다의 꽃 섬이라 불리는 오동도를 걸었다. 아직도 떠남이 아쉬운지 가끔 모태에 매달려 마지막 생을 마감하려는 동백의 꽃송이들…. 더러는 땅에 떨어져 있으면서도 더 생생한 모습으로 지나가는 사람들의 눈길을 끌고 있다. 이름 모르는 새들도 청량한 소리를 내며 반갑게 맞아준다.

여행하다 보면 부부간에도 의견이 상충하여 다툼이 발생하는 경우가 가끔 있다. 염려되어 떠나면서 마음속으로 다짐했다. 어떤 경우에도 짜증을 내거나 다투지 말고 양보하고 배려하는 마음을 갖자고. 돌산 시내 곳곳에 공사하는 곳이 많았다. 내비게이션과 카카오 내비까지 동원하여 안내받았지만, 길을 잘못 들기 일쑤였다. 몇 번이나 먼 길을 돌아야 하는 상황이 되었다. 자연히 짜증이 났고 며칠간의 장거리 운전으로 피곤까지 일시에 몰렸다.

크루즈를 타고 여수 밤바다 야경을 구경하려고 사람들이 사전에 표를 구한다. 우리도 일찍 도착하여 매표하고 자동차 속에서 한참을 기다리던 상황이었다. 아내는 잔소리가 많은 편이 아니다. 그런데 하찮은 일로 여러 번 얘기 하기에 버럭 화를 냈다. 오해에서 비롯된 일이다. 잠시 침묵이 흘렀다. 시간이 문제를 해결해 주었다.

어둠이 차츰차츰 바다 위에 드러누웠다. 그 위를 크루즈가 서서히 밟고 나아간다. 모든 사람의 부푼 기대도 함께 떠난다. 점차 주변이 어두워지면서 인근 상가와 높은 빌딩에서 발하는 불빛이 밤바다를 아름답게 수놓았다. 내일의 희망을 밝히는 빛이 가슴 속으로 파고든다.

여수 밤바다를 화려하게 비춰주는 조명은 시민과 정책이 합심해서 멋진 야경을 만들고 있다. 날씨도 야경을 돋보이게 도와주었다. 거대한 몸체로 서 있는 다리도 화려한 불빛으로 치장하여 지나가는 배를 내려다보며 손을 흔들어 준다. 가벼운 마음은 밤바다를 타고 둥실둥실 물결에 흐른다.

어렵게 시작한 삶이다. 힘들었던 시기를 잘 참으며 견뎌준 고마운 마음에 잠시 위로가 되었으면 좋겠다. 서로를 위하는 마음은 밤바다에 실려 보냈는지 모른다. 말은 없지만, 눈빛이 이를 대신한다. 여행은 일상의 경계를 너머 새로운 길을 다시 만나는 것 같다. 파랑새와 함께 온 나들이였다.

산들바람

시원하게 불어오는 바람이 고맙다. 어느 계절이든 바람은 고마운 존재다. 특히 무더운 여름철에 찾아오는 바람은 다른 느낌을 준다. 오늘 한라산 날씨는 비가 내린다는 예보다.

도르미(직장 마라톤 동호회)에서 사전에 계획했던 한라산 등반훈련 날이다. 악천후가 아니고 궂은 날씨에 얼마만의 비 오는 날씨여서 계획대로 출발하였다. 정상으로 가는 코스 중에 힘들다는 관음사로 오르고 있다. 구름이 잔뜩 낀 이른 아침이다.

마라톤 훈련 과정의 한 부분으로 산악 등반도 가끔 한다. 언덕길도 빠지지 않지만, 높은 산 등반을 하는 이유는 평소 사용하지 않던 근육을 단련함에 있다. 장거리 등반을 통하여 지구력과 인내심을 키우는 것도 필요하기 때문이다. 관음사 코스는 정상까지 경사가 심한 곳이라 힘든 과정을 이겨낼 수 있는 체력이 요구된다. 산길은 항상 조심해야지만, 날씨에 따라 정신 무장을 단단히 해야 한다.

등반에서 초반은 몸이 풀리지 않아 힘들게 느껴진다. 한참 오르막길을 걷고 나니 등줄기에서 구슬 같은 땀방울이 생산되었다. 서서히 몸이 개운해 짐을 느낀다. 출발하고 어느 정도 지나면 선두 그룹과 중간, 후미 그룹으로 나누어져 걷게 된다.

첫 고비인 탐라계곡을 지나 개미목 중간에 이르렀다. 사방에서 불어오는 산들바람이 상쾌하다. 청량제를 마시는 기분이다. 가슴을 펴고 힘껏 안아 본다. 7월의 신록도 싱그러운 자태다. 대가 없이 무제한 제공하고 있다. 자연은 인간의 삶을 풍요롭게 만들어 주고 있어서 감사하다.

서로를 격려하며 힘든 능선을 오르니 삼각봉이 우리를 맞는다. 자연 풍광은 지친 심신을 위로해 준다. 궂은 날씨로 만들어 낸 안개가 삼각봉을 둘러싸고 있어 운치를 더한다. 여름철에만 볼 수 있는 풍경이다. 짙은 안개가 허리를 감싸고 지나가는 현상이 영화의 한 장면 같다. 지척인데도 순간에 숨어버렸다가 다시 보여주는 모습이 펼쳐졌다. 쉼터에서 멋진 풍광을 배경하여 마시는 따뜻한 커피 한 잔이 마음을 녹여준다. 마냥 자연에 빠질 수가 없다.

용진각을 지날 때 비옷을 꺼내 입어야 했다. 사전 예보도 있었지만, 여름철 산악 날씨는 변화무쌍하다. 그래서 평소에도 배낭에 비옷을 준비하여 다니고 있다. 여름에도 상황에 따라 저체온증이 올 수 있다. 여벌옷도 꼭 챙기고 내려올 때까지 약간의 간식도 남겨 둔다. 물을 먹은 계단이 미끈거려 불안했다. 곳곳에 숨어 있는 것이 위험 요소가 되기도 한다. 무슨 일이든 힘들다고 생각하면 힘들지만, 즐거운 마음을 갖고 임하면 어려운 상황도 거뜬히 이겨낼 수 있다.

정상을 눈앞에 두고 급격한 경사 구간에 이르렀다. 모두가 힘들어하는 지역이다. 향긋한 냄새가 코끝을 자극한다. '살아 천 년, 죽어 천 년 간다.'는 구상나무 군락지를 지나는 중이다. 구상나무 열매는 비를 맞으며 웃고 있다. 콧속으로 들어온 냄새가 뇌에 전달된다. 편안함을 안긴다. 나는 장거리 코스를 산행할 때는 가끔 조릿대 새순과 솔잎을 따서 씹는다. 상큼한 곰취의 쓴맛도 맛본다. 지루함을 달래주기도 하고 재밋거리도 된다. 정겹게 지저귀는 이름 모를 새소리와 등 뒤에서 불어오는 산들바람도 함께 걷는다. 새소리와 바람소리는 귓속에 담고 맑은 공기는 폐 속에 담았다.

정상은 짙은 안개 때문에 한 치 앞도 분간하기 어려운 상황이었다. 만수滿水의 백록담을 쉽게 보여주지 않았다. 자주 일어나는 자연현상이다. 어쩔 수 없다. 별 탈 없이 정상에 오를 수 있었던 것으로 만족한 날이라 생각했다. 그날 찾은 산이 흐리면 흐린 대로 맑으면 맑은 대로 순수한 자연의 모습을 보면 된다. 겨울에도 정상에 오르고 백록담을 보지 못하는 경우가 많은데 여름철도 비슷한 상황이 가끔 일어난다.

오래전 직장 산악회에서 처음으로 설 등반을 다녀온 후, 설경을 만든 풍광이 계속 머리에 아른거려 매주 오른 일이 있었다. 그러나 4번 정상 도전에 딱 한 번 눈으로 치장한 백록담을 보았을 뿐 나머지는 허락하지 않았다. 정상 도전으로 만족했다. 설경이 만들어 낸 풍광은 어떤 것과 비교할 수 없을 정도로 신비로움을 준다. 한라산이 주는 최고의 선물이다.

왜 사람들은 힘들고 때로는 궂은 날씨에도 불구하고 정상에 오르려고 할까. 간단히 다녀올 수 있는 오름은 밋밋하고 얇은 산보다 정복한 후 느끼는 자긍심이 삶에 에너지를 주기 때문이다. 역경을 극복하고 끈기를 심는 시간을 보람으로 여기는 사람일지 모른다. 잠시 눈 감고 이 시간이 있음에 두 손을 모았다.

모처럼 아내가 동행한 등반이었다. 보조를 맞추다 보니 맨 나중에 도착했다. 궂은 날씨 관계로 선두 그룹은 하산하였고 중간 팀이 마지막 그룹을 기다리고 있었다. 그들 중 누군가가 새벽잠을 헌납하며 정성껏 준비한 김밥을 건네주었다. 소주 맛은 유리잔에 마셔야 제맛이 난다며 정상까지 챙기고 온 회원 정성에 박수를 보냈다. 한 두 잔으로 축축하게 젖은 마음과 약간의 한기寒氣를 달랬다. 진한 추억을 마셨다.

　최근에 비가 많이 내렸다. 백록담에 물로 가득 차있던 영상이 눈에 그려졌다. 전에 보았던 모습과 오버랩 된다. 동릉 정상에다 반환신고를 하고 하산 길에 접어들었다. 한라산의 모든 것을 보여주지 않는 날씨였지만, 여름철 등반하기에는 '좋은 날을 선택했구나.' 할 정도로 걷기에 좋았다.

　내려올 때 보았다. 비에 젖는 나무와 꽃들이 더 싱싱하고 튼튼하다는 것을⋯. 짙은 신록과 알맞게 불어준 산들바람도 함께 한 건강한 하루였다. 언제 보아도 신비롭고 듬직한 한라산이 가까이 있어서 좋다.

Recollection

작품해설

몸 철학의 구현을 위한 삶과 글쓰기
- 고한철의 수필 세계 -

허상문 (문학평론가, 영남대 명예교수)

1. 몸과 마음을 위한 삶과 글쓰기

몸이란 무엇인가. 그리고 그에 대비되는 정신과 영혼은 무엇인가. 인간에게 중요한 것은 몸인가 정신인가. 어느 것 하나 답하기 쉽지 않은 물음들이다. 그래서인지 이런 의문에 답을 얻기 위해서 많은 철학자와 작가들은 고민해 왔다.

첫 수필집을 상재하는 고한철 작가의 고민도 이러한 맥락에 닿아 있다. 고한철에게 가장 중요한 몸의 모티브의 하나인 '마라톤'에 대하여 작가는 "마라톤은 누구와의 경쟁이 아니라 자신과 싸움이다. 앞서 뛰는 사람을 부러워할 필요가 없는 운동이다. 먼 길을 뛰다 보면 불필요하게 쌓여있던 생각들이 바람에 하나하나 날아가고 새털처럼 가벼운 몸이 된다. 상쾌한 기분에 긍정적인 생각이 머리를 채운다. "(『책을 펴내며』)라고 말한다. 이쯤 읽으면 작가에게 몸과 머리(정신 혹은 생각)가 하나의 선상에 놓여 있다는 것을 우리는 인식하게 된다.

오랜 세월 동안 인간이 진정으로 인간다워지기 위해서는 육체를 무시하고 정신적 · 윤리적 요구가 중요시되어 왔다. 그러나 육체를 경시하며 인간에게 육체란 빈껍데기에 불과한 것이어서 정신과 영혼이 중요하다는 사상은 현대에 이르러 무너지기 시작했다. 영혼은 고귀하고 몸은 가벼운 것이라는 관념에서 벗어나면서 현대의 많은 작가와 철학자는 비로소 몸의 소중함을 강조하고 영혼만큼 몸이 중요하다는 인식을 하기에 이른 것이다.

실제로 현대에 이르러 인간에게 몸과 육체는 정신과 영혼 못지않게 중요한 것으로 여겨진다. 현대의 대표적인 철학자인 니체의 철학은 한마디로 몸 철학이다. 그는 『차라투스트라는 이렇게 말했다』에서 "나는 전적으로 몸이며, 그 밖의 아무것도 아니다. 그리고 영혼은 몸에 속하는 그 어떤 것을 표현하는 말에 지나지 않는다."고 했다. 니체에게 인간은 그저 몸에 불과하다. 당연히 삶 또한 몸이다. 몸에서 시작해서 몸으로 끝나는 것이 그의 삶이며 인간이다.

고한철의 삶과 문학은 몸의 관점에서 이루어진다. 작가는 일차적으로 몸의 은유, 즉 신체가 은유하는 세계로서의 글쓰기를 우리에게 보여준다. 말하자면 삶에서 체득된 몸의 인식이 삶과 정신의 선

(線)을 넘어 글쓰기로 나아가는 경로를 취한다. 작가에게 선을 넘는 것은 육체와 정신의 세계를 종합해서 일상생활에서 삶의 선을 올바르게 걸어가고 있는지 성찰하는 의미를 갖는다. 작가는 운동경기에서와 같이 나름대로 기준을 정해 놓고 그 선을 지키려고 노력하고 있다. "선은 지키라는 기호다. 선이 그어지면 넘어가지 말라는 경계이고 규칙을 위반하면 처벌받게 된다는 고지이다. 흔히 선을 넘었다 함은 부정적인 이미지를 떠올리게 한다."(「선」)

작가에게 선을 넘는 것은 마라톤에서 출발을 의미하는 동시에 인생에서 올바른 길을 걷는 길이기도 하다. 이런 삶의 태도는 그대로 이어져 자신이 책을 펴내는 의도이기도 하다. "책을 펴내며 삶의 마지막 선은 황혼 길이었으면 하는 바람"(「책을 펴내며」)이다. 우리가 생각하고 말하고 행동하는 모든 것은 신체화된 마음에 의존한다고 하지만, 고한철의 수필에 나타난 몸의 철학은 좋은 전범을 보여주고 있다. 이것은 "경험된 몸은 정서적으로 언어 속에 둘러싸이고 그대가로 언어는 몸을 만든다."라는 라캉의 주장과도 맥락을 같이 하는 것이다. 우리가 이해하는 이 세계의 모습은 적어도 우리의 감각기관, 특히 몸으로 인해 이루어지고 몸으로 인해 우리의 문화와 삶의 환경이 규정된다. 나아가 글쓰기도 그런 신체화된 이해와 사고에 의존한다.

어쨌든 우리가 강조해야 할 것은 몸과 마음의 건전한 '건강'임이 분명하다. 건강한 몸을 가진 자는 건강한 정신을 생산할 것이고, 그 반대도 마찬가지이다. 몸과 정신, 이 두 가지는 서로 분리되거나 경외될 수 없이 일정한 선을 건널 때에야 비로소 건강한 존재를 유지할 수 있게 된다. 마음은 몸의 그림자라고 해도 지나친 말이 아니다. 온전한 정신을 다스리는 것도 중요한 일이지만 건강한 몸을 유지하는 것은 더욱 중요한 일이다. 고한철의 수필은 이러한 몸과 마음을 위한 몸철학을 잘 구현하고 있다.

2. 몸철학, 몸의 실재화

인간을 형성하는 가장 중요한 영역인 몸은 우리가 알 수 없는 무엇인가로 가득 차 있다. 그래서 몸은 자신의 것이면서 타자의 것이어서 고정된 틀을 허용하지 않는다. 새로운 기운을 받으며 새로운 존재로 다시 서고자 한다. 그러기 위해 몸은 쉼 없이 주위의 다른 물체들과 교섭을 하고 다른 분위기 속에서 즐거워하기도 하고 괴로워하기도 한다. 말하자면 몸은 충전적(充全的)이고 개방적으로 열려 있고 세계 속에서 또 다른 존재로 변화하고자 한다. 고한철이 마라톤 완주의 꿈을 버리지 못하는 이유는 쉼 없이 운동을 통하여 몸이 외부 세계와 접촉함으로써 자신을 정신적 육체적으로 새로운 존재로 거듭나고자 하기 때문이다. 작가는 마라톤을 하는 이유를 다음과 같이 밝힌다.

그렇게 뛰어야만 하는 이유를 지금도 알 수 없다. 살다 보니 즐거운 시간보다 힘들고 고통스러운 시간이 더 많았다. 왜 그렇게 힘든 길을 마다하지 않고 달리느냐고 물으면 대답할 수가 없다. 그렇다고 아무런 생각 없이 무작정 뛰기만 하는 것도 아니다. 107리가 넘는 길을 뛰다 보면 많은 긍정적인 생각들로 머리를 채운다. 종심을 바라보는 세월까지 만났던 좋은 생각과 고마운 마음을 길 위에 펼쳐 놓으면 그 맛이 여간 아니다. 복잡하게 얽힌 사회생활을 하면서 지켜야 할 선을 제대로 지키고 있는지 뒤돌아보는 시간이 된다. 나름대로 기준을 정해 놓고 그 선을 지키려고 부단히 노력하고 있다.

-「선線」에서

고한철의 경우 마라톤이라는 신체적 활동은 왼손에 찾아온 육체적 장애를 극복하기 위해서였으나 그보다는 점점 약해져 가는 정신과 영혼과의 싸움을 하기 위함이다. 자신의 정신을 채찍질하고 영혼의 빈구석을 채우기 위해서 뛰고 싶을 뿐이라고 진술한다. 끝까지 달릴 수 있게 도와주는 두 다리가 고맙게 생각되고 힘차게 고동치며 뛰어주는 심장이 있어 감사하게 느낀다. 42,195m를 4시간 가까이 달리면서 많은 생각이 떠오르지만, 그 순간 다시 힘을 얻는다. 그 힘든 거리를 포기하지 않고 발끝에서 심장 그리고 머리끝까지 온몸으로 느끼며 달릴 수 있는 행복감은 달려본 사람만이 느끼는 스릴이다(「마라토너의 꿈」).

화자의 말대로 마라톤은 누구와의 경쟁이 아니라 자신과 싸움이다. 앞서가는 사람을 부러워할 필요가 없는 운동이다. 그동안 달리면서 수없이 맞이한 고통과 괴로움이 있었다. 골인 지점이 보이기 시작하면서 느끼는 환희와 성취감이 오늘을 있게 했는지 모른다. 그러한 것들이 다시 무대에 서게 이끌었다. 마라톤은 마치는 날까지 건강을 지켜주는 파수꾼이 되고 또한 마음 근육을 강하게 단련시켜 주기를 기대한다.

고한철에게 마라톤은 자신과의 싸움인 동시에 굴곡과 산길을 걸어온 삶을 극복하기 위한 방편이었다. 마라톤을 하면서 작가는 달려온 인생길에서 넘나든 세월을 되돌아본다. 어려움이 닥칠 때마다 스스로 극복하고 헤쳐 나가며 꿋꿋하게 성장한 지난날이 있기에 지금은 든든한 뿌리가 되었다. 작은 태풍에도 흔들리지 않는 나무는 곱게 물들어 가고 있다. 힘든 과정을 겪어 보아야 값진 삶이 되었다. 그리고 오늘 맞이한 고통을 끝까지 이겨냈기에 진한 추억을 선 위에 뿌려 놓았다. 그러면서 이 나이까지 큰 고장 없이 달릴 수 있음은 축복이라고 생각한다(「선線」).

그래서 작가는 2005년 10월부터 오늘에 이르기까지 국내의 조선일보춘천마라톤, MBC국제평화마라톤, 중앙서울마라톤, 서울국제동아마라톤을 위시해서 보스턴마라톤, 도쿄마라톤, 베를린마라톤 대회와 같은 유명한 국제 마라톤 대회에서 셀 수 없을 정도로 풀코스의 완주 기록을 쌓게 되었다. 작가는 반복해서 묻는다. 왜 이 힘든 마라톤에 미련을 버리지 못하는 것일까. 그는 스스로 "마라톤을 완주하면서 키운 인내력과 정신력이 일으켜 세웠다. 신은 인간에게 참을 수 있을 만큼만 고통 준다고 했다. 고통 뒤에 오는 쾌감을 찾으려는지 모른다. 힘든 상황을 겪으며 사람을 더 성숙하게 만들어 주는 것이 아닐까."(「동경 도심을 누비다」)고 답한다.

마라톤뿐만 아니라 작가가 몸철학을 구현하기 위한 또 다른 방편은 등산이다. 마라톤에서와 같이 작가는 등산에서도 온갖 고통을 감내하면서 삶에 대한 새로운 깨달음을 얻기 위해 고행한다. 산행의 의미를 작가는 다음과 같이 밝힌다.

> 왜 힘든 새벽 등반을 마다하지 않는가. 위험을 등에 업고 함께 걷는다. 그 정상에 희망봉이 있을까. 3,500고지를 넘으면서 한두 사람씩 고산증세로 구토하며 길옆에 주저앉는다. 각자의 인생길에는 숱한 사연이 있다. 나의 인생길도 평지보다 거칠고 험한 길을 걸었지 싶다. 이젠 정상에서 내려오는 하산 길을 걷고 있다. 그간 몇 차례의 닥친 고난 길을 굳은 의지로 개척하다 보니 단단한 길이 되었다. 남은 하산 길에도 예기치 않은 돌길을 만날 수 있을지 모른다. 건강이 지켜줄 때 어떤 길도 두렵지 않게 걸을 수 있을 거다. 새벽에 보았던 수많은 별빛은 내가 걸어가는 길에 밝은 등불이 되고 있다
>
> ─「새벽을 열다」에서

작품의 화자가 정상에서 맛보는 쾌감은 늘 새롭다. 세계 최고의 산 안나푸르나(「안나푸르나 가는 길」), 백두산 천지(「천지에 몸을 담다」), 한라산 산행(「역경」)(「하얀 세상」), 강원도 인제군의 진산, 기룡산(「산이 말하다」)을 산행하면서, 산과 자연은 말없이 자연 앞에서 순응하고 겸손하라고 일러준다고 느낀다.

마라톤과 산행뿐 아니라 작가는 많은 여행을 통하여 삶의 의미를 체득하고자 한다. 고한철은 국내의 여러 지역은 물론, 러시아 제2수도 상트페테르부르크(「보물을 만나다」), 베트남의 다낭(「젊음의 도시」), 몽골(「지나간 자리는 길이 되었다」), 중국 장가계(「협곡에 빠지다」) 등을 두루 여행하면서 인생과 세상의 의미를 살피고자 한다. 마라톤에서와 같이 산행과 여행을 한 후 "목적을 달성한 얼굴은 고생한 흔적이 아니고 승리자의 밝고 건강한 표정이었다. 인생의 값진 모습이다. 차량은 한두 차례 언덕길을 넘으며 달린다. 우리가 걷는 길은 아름다운 꽃길만이 아니다. 언덕길과 자갈밭도 있었다. 마지막에는 평탄한 길이었다."(「지나간 자리는 길이 되었다」)

인간 존재는 결국 '몸'에 의존해서 살아가게 되고, 몸과 세계가 이질적인 것이 아니라 동질적이라는 사실을 알게 되면서 새로운 삶의 의미를 깨닫게 된다. 또한 그렇다는 것이 밝혀지는 지점에서 우리는 삶의 고통과 분열을 극복할 수 있게 될 것이다. 삶의 분열과 대립과 충돌을 이겨내고 생생하게 살아 움직이는 존재가 될 때에야 비로소 하나의 통일된 삶을 구가하게 될 수 있다. 인간이 완전한 존재로 나아가는 과정인 '몸'에 대한 인식은 나와 타인의 관계에서 적극적인 존재성을 밝히는 것이고, 다른 하나는 몸과 정신의 조화로운 관계를 이루는 것이라고 할 수 있다. 몸을 통한 존재성을 실재화한 고한철은 몸과 정신의 관계를 조화롭게 이루기 위해 노력하게 된다.

3. 몸의 경계를 넘어서는 마음

인간은 사고하는 동물이다. 사고와 마음이 없는 삶이란 인간에게 존재할 수 없다. 인간 존재의 개념체계는 몸에서 비롯되기 때문에 존재 의미는 일차적으로 몸에 근거하고, 그 바탕 위에 사고와 마음이 형성된다. 이 말은 고한철 수필의 경우, 신체화된 몸의 감각에서 체득된 언어들로 구성되어 있다는 점을 보여주는 중요한 근거가 된다. 그렇지만 인간 삶의 활동은 몸을 통해서 이루어지지만 그러한 몸철학을 가능케 하는 바탕에는 사고와 감정, 즉 마음에 따라 세계에 대한 작가의 인식은 바뀔 수 있다는 사실이 중요하다. 작가란 마음에 대한 인식으로 진리와 아름다움에 대해 깊이 있게 고민하고 성찰하는 사람이다. 따라서 인간의 감정과 감각이 세계를 어떻게 매개하느냐 혹은 어떤 마음으로 세계를 바라보느냐 하는 문제는 작가의 문학을 결정 지우는 중요한 영역이 된다.

몸철학의 구체적인 구현을 위해 고한철은 몸의 경계를 넘어서서 마음의 영역에서 다양한 활동과 인식을 이루기 위해 노력하고 있다. 그 구체적인 예는 작가의 취미활동에서도 잘 나타난다. 그가 취미로 삼고 있는 서예 활동은 단순한 여가를 위한 활동을 넘어서는 것으로 보인다. 작가는 벼루 앞에 앉으면 마음이 경건해지고, 먹을 갈기 시작하면 묵향은 온몸에 스며들며 맑은 정신이 샘솟는다고 느낀다. 방 안 가득 퍼지는 은은한 향기는 오래전부터 친숙한 냄새다. 새가 목이 말라 찾아와 쉬고 가는 샘물터처럼 묵향이 번지는 공간은 늘 고요함이 머문다. 그래서 휴일에도 서실에 나가는 일을 일상화하고, 고요히 붓을 잡고 화선지와 씨름하다 보면 모든 잡념이 사라지며 혼과 마음이 하나가 된다고 느낀다(「혼을 담다」). 작품집의 서두에 자필의 '상선약수(上善若水)'라는 좌우명을 담고 있는 것도 이러한 이유에서이다.

이런 서예의 정신은 불교에 심취하는 작가 의식과 맞닿아 있다. 삶으로부터의 아픔과 고통을 이겨내려고 새벽예불에 참여하여 정신적 믿음을 얻고, 일요 법회에 참여하여 마음 근육을 튼튼하게 만들고 있다고 이야기 한다(「책을 펴내며」). 몸의 충실에 이어 '마음 근육'을 키우고자 하는 작가의 마음은 바로 몸과 마음의 조화와 종합을 통하여 진정한 '깨달음'을 얻고자 하는 작가의 노력으로 보인다.

은은하게 들리는 목탁 소리가 새벽을 연다. 종소리와 목탁 소리는 잠들어 있는 뭇 생명을 깨우는 소리다. 참회 진언을 외우며 한 마음 내려놓고 떠난다. 내려놓을 짐이 많아 하루아침에 모두 실천하기는 힘들어 보인다.

　　수행의 길을 걸을 때마다 깨달음을 캐어 본다. '비우라. 내려놓으라. 존경하고 베풀라.'는 내용을 매번 들으면서도 실천하기가 쉽지 않다. 욕심과 아집이 사회생활을 하며 쌓이고 쌓여서 마음을 병들게 하고 있다. 사회가 복잡하고 다양해지면서 이기주의가 팽배해짐이 안타깝다. 이를 극복하고 내려놓기 위하여 오늘도 맑은 정신으로 가방을 메고 수행 길에 나선 일이다.

- 「성지를 향하여」에서

　　위 인용에서도 드러나듯이 개인적 욕심과 아집을 내려놓을 때 사회와 집단의 안녕을 가져올 수 있다는 작가의 인식은 예사롭지 않다. 고한철은 불교에서 이야기하는 이른바 하심(下心)의 마음을 실천하고자 노력한다. 그리하여 "사찰에서 기도할 때마다 욕심을 내려놓으려는 마음으로 예불을 드린다. 그러다 보니 하는 일도 잘 되는 것 같다. 부처님을 향해 정성을 다하다 보니 모든 것을 긍정적 시각으로 바라보게 된다. 40여 년의 공직생활을 무사히 마칠 수 있는 행운도 얻게 되었다. 부처님과의 특별한 인연으로 인해 얻어진 결과이다."(「기도하는 마음」)고 여긴다. 그래서 '인과응보', '자업자득', '일체유심'과 같은 고사성어와 법어(法語)들을 가슴에 간직하며 이제 모든 욕심을 내려놓고 버리고 비우는 삶을 살아가고자 한다(「비움을 찾아서」).

이렇게 고한철의 신체화된 실재는 마음과 연결이 된다. 작가의 마음은 외롭게 살아가는 노인들이나 병든 장애인들에게까지 눈길이 닿게 된다. 그래서 자발적으로 무보수의 봉사활동을 한다. 봉사활동이란 필요한 사람을 위한 일이기도 하지만, 봉사자 자신이 위로 받는 면도 크게 작용한다. 깨끗하고 맑은 영혼을 만나면 봉사를 하는 사람의 마음도 편안해지기 때문이다(「천사들」). 고한철의 수필에서는 생의 여러 부면에서 형성되는 순수하고 선량한 마음의 정조(情操)가 곳곳에 드러난다. 우리가 살아가는 이 세상은 비극적일 정도로 어둡지만, 이를 극복하기 위해 사랑과 희망을 일구어내어야 한다는 정신을 작가는 보여주고 있다. 이런 정신은 보다 나은 삶과 세상을 위하여 우리가 반드시 실현해야 할 정서이다.

인간과 세상을 위한 사랑과 연민의 마음이 가장 극명하게 드러나는 곳은 바로 '어머니'에 대한 작가 의식이다. 작품집의 많은 내용의 수필은 어머니에게 바쳐지고 있다. 그만큼 어머니에 대한 작가의 그리움과 사모(思母)의 마음이 간절하다는 것을 보여준다. 어머니에 대한 애절한 작가의 정서를 작품의 여러 곳에서 우리는 잘 읽을 수 있다.

수월봉 너머로 곱게 번지기 시작한 노을이 어머님 산소 주변을 덮는다. 어머님은 하늘나라에 계시지만, 지금도 자식을 위해 자비를 베풀고 있다고 믿는다. 일찍 가신 원망보다는 삼 남매를 보살펴 주셨기에 무탈하게 자립할 수 있었던 것 같다. 그 노을은 우리 뒤를 따라오며 마을 전체를 물들인다. 노을처럼 고우셨던 어머님의 모습을 오늘 밤에는 뵐 수 있으려나.

- 「어머니의 노을」에서

「어머니의 노을」은 '노을'이라는 전경만으로도 그 의미는 상징적이다. 작품에서 수월봉을 곱게 물들인 '노을'은 곧 '어머니'로 환치되면서 마을 전체를 물들이고 자식들을 물들인다. 화자는 어머니가 시집올 때 혼수로 마련해 온 느티나무 궤를 지금도 소중히 간직하고 있다고 한다. 그 안에 보관된 어머님 사진을 가끔 꺼내 보면서 사모의 정을 일구어낸다. 고아나 다름없었던 남매가 억센 인생의 파고를 맞을 때마다 끈기와 정신력으로 이겨낼 수 있었던 것은 어머니의 강인한 유전자가 흐르고 있기 때문이라고 회상한다.

당연한 이야기이지만 수필가들에게 수필은 일상을 살아내는 삶의 기록이다. 수필가는 삶 속에서 끊임없이 좋은 수필을 찾아내려 한다. 수필가 고한철은 자신이 살아야 할 삶의 전범을 선량하고 어진 어머니로부터의 얻어질 수 있다고 생각한다. 인간들에게 있어서 중요한 삶의 실재는 신체화된 인식에서부터 몸과 마음을 넘어서는 삶의 온전한 바탕 위에서 경험하게 되는 것이라고 할 수 있다. 고한철은 이러한 인식을 자신의 글쓰기에서 구현하고자 한다.

4. 맺으며

여태 살핀 대로 고한철의 수필은 육신을 지배하는 몸의 서사와 고통을 감각하는 마음의 본질에 대한 질문으로 이루어지고 있다. 고한철의 작품에서 나타난 몸과 마음의 의미를 살피는 것은 인간 존재와 세상에 있어서의 몸과 마음의 조화와 종합이 어떠한 형태로 나타나야 할 것인가를 살피는 거와 다르지 않다. 작가는 삶 속에서 자신의 몸에게 끊임없는 질문을 한다. 마라톤, 등산, 여행과 같은 활동을 통하여 자기 몸에 대한 실재적 체험을 이루며 살고자 한다. 고한철의 삶과 수필에서 몸이란 신체에 지배되는 감각이 아니라 이런 몸의 감각은 그 경계를 넘어서 마음의 감각으로 발전한다.

인간의 사고는 무의식적으로 신체를 통해 발화한다. 고통과 인식의 경계에서 발화된 몸의 언어는 때로는 고도로 승화된 형태의 마음의 언어로 발전하여 표현된다. 고한철의 수필에서 나타나는 몸의 감각은 종교(불교), 어머니, 봉사활동과 같은 마음의 상징으로 표출되어 나타난다. 결국 신체의 감각을 통과하는 몸의 발화는 마음과 이성이라는 정신에 의해 조화로운 모습을 이루게 된다.

요컨대 고한철 수필이 잘 보여주듯이, 인간으로서의 우리의 삶을 지배하는 것은 높은 이상이나 이성적인 마음의 문제인 것임은 물론, 그것을 가능하게 하는 일상적 활동과 신체로 지각되는 몸의 문제이다. 이러한 몸철학은 우리의 삶과 문학을 이루면서 중요한 존재론적 인식으로 작용한다. 고한철의 수필은 바로 이러한 몸철학의 구현을 이룬 문학이라고 할 수 있다. 몸이 어떻게 마음과 맥을 잇고, 또한 그러한 사유가 어떤 방식으로 삶과 문학으로 이어지는지를 잘 보여주고 있기 때문이다.

오래 사는 것 자체가 축복인 시대는 지난 것 같다. 노년의 삶을 건강하고 복되게 사는 것이 오늘날 노년의 가장 중요한 화두가 되었다. 나이가 들면 몸과 마음을 동시에 걱정해야 하는 단계에 이르게 된 것이다. 고한철 작가는 건강한 몸에 따뜻한 마음을 동시에 지닌 작가로 성장할 일만이 남은 것으로 보인다. 앞으로 건강한 신체를 바탕으로 글쓰기의 꿈을 더욱 활기차게 펼치기를 기대한다.

선

2024년 11월 11일 인쇄
2024년 11월 20일 발행

지은이 고한철
펴낸이 손정순
펴낸곳 열림문화
　　　　주소 제주특별자치도 제주시 청귤로 15
　　　　전화 (064)755-4856
　　　　팩스 (064)755-4855
　　　　이메일 sunjin8075@hanmail.net
　　　　인쇄 선진인쇄사

ISBN　979-11-92003-50-4 (03810)

값 15,000원

후원: 제주특별자치도 　JFAC 제주문화예술재단
　　　　　　　Jeju Special Self-Governing Province　　Jeju Foundation for Arts & Culture